乡情

乡土中国小小说

王彦艳　连俊超　主编

中原出版传媒集团
中原传媒股份公司

大象出版社
·郑州·

图书在版编目(CIP)数据

乡情 / 王彦艳，连俊超主编. — 郑州 ：大象出版社，
2016. 7（2018. 8 重印）
（乡土中国小小说文丛）
ISBN 978-7-5347-8570-2

Ⅰ. ①乡… Ⅱ. ①王… ②连… Ⅲ. ①小小说—小说
集—中国—当代 Ⅳ. ①I247. 8

中国版本图书馆 CIP 数据核字(2015)第 212355 号

乡土中国小小说文丛

乡情

Xiangqing

王彦艳 连俊超 主编

出版人 王刘纯
策　划 孟建华 马国兴
责任编辑 王艳芳
责任校对 马 宁
美术编辑 王莉娟

出版发行 大象出版社(郑州市开元路 16 号 邮政编码 450044)
发行科 0371-63863551 总编室 0371-65597936
网　址 www.daxiang.cn
印　刷 郑州市毛庄印刷厂
经　销 各地新华书店经销
开　本 787mm×1092mm 1/16
印　张 10
字　数 154 千字
版　次 2016 年 7 月第 1 版 2018 年 8 月第 4 次印刷
定　价 19.50 元
若发现印、装质量问题，影响阅读，请与承印厂联系调换。
印厂地址 郑州市惠济区清华园路毛庄工业园
邮政编码 450044 电话 0371-63784396

目　录

九岁的父亲

罗伟章

这是我一个朋友的故事。我的这个朋友,现在已经是国内优秀的诗人,但故事发生在他九岁那年,那时候谁也看不出他会混出个人样,甚至谁也把握不准他是否能够长大成人。他是三岁时被父母抛弃的。他体弱多病,在闷热的夏天里,连眍进颅骨的眼睛被黑压压的蚊虫遮住了,他也不知道挥一下手臂。父母认为他活不成,把他丢弃在长江边上,就背转身,渐行渐远。他瘦弱的双腿追不上父母,只能伏在江边荒草里,老鼠似的吱吱哭叫。正是骑在父亲脖子上的年龄,正是往母亲怀里扑的年龄,可他永远失去了这一切,扔给他的,是陌生而冰凉的世界。

一个好心的老爷爷收留了他。老爷爷七十多岁,孤身一人。他把他放在挖野菜的背篼里背回去,捉掉他身上的虱子,给他喂野菜汤。蚊虫叮咬他时,老爷爷拿着蒲扇,啪啪啪地赶走那些吸血鬼。他常常在半夜三更大喊大叫,这时候,老爷爷就坐起来,把他搂在怀里,轻轻地拍。他奇迹般地活了过来,而且健康地生长着。他最缺少的不是粮食和医药,而是爱。

他七岁那年,老爷爷死了。他再一次成为孤儿。

但老爷爷有间茅舍可供他栖身,老爷爷去世之前已教会了他做很多事情。

当时,村里有公猪圈,里面养着十多头猪,村里人见他可怜,就派他打猪草,借此也可以分给他点儿粮食。每天,他背着一个比他大几倍的竹篮,早出晚归地去江边劳动。饿了吃猪草,渴了喝江水,累了就坐在岩石上看大江白云。水天一色,烟波浩渺,那些黑身白腹的水鸟,在烟波里自由自在地穿行。他想,如果我是一只鸟就好了,我是一只鸟,就能飞上天空,看看我的爸爸妈妈住在哪里,说不定还能看到上了天的老爷爷。然而他不是一只鸟,于是他哭了。

两年过去,他九岁了……那是一个多么美好的春天,江水蓝得能容下世间万物,江边的芳草接天而去。这天早上,他又出门打猪草去了。在路过的一片岩石旁,他看到了一个鲜红的包裹。周围没一个人,这会是什么呢?出于好奇,他走过去瞅。

是一个孩子!那孩子只把脸露了出来,看样子最多两个月大,双眼紧闭着,额头上停泊着几颗亮晶晶的露珠。他用手一摸,孩子脸冰凉,但还活着!显然,这又是一个被扔掉的孩子。

他感到一阵揪心的疼痛。这是一个九岁的孩子对命运的疼痛。

他把孩子抱起来,飞跑回村。他的怀抱温暖了孩子,快进村时,孩子竟然睁开了眼睛,不哭,不闹,只是望着他。那带着婴儿蓝的目光,在他心里开花结果。孩子的小嘴微微动着,他想她一定是饿了,就直奔村长家。那时候,村长的女人正在奶孩子。

村长的女人嘻嘻哈哈地接过孩子,说,你娃娃能干吗?接着麻利地将孩子身上单薄的披风一撩,说,是个赔钱货,难怪爹妈不要她。他求村长的女人给她喂奶,村长的女人说,我自己的娃儿还养不活呢!其实并非如此,村长女人的两只奶胀鼓鼓的,前襟上经常都是湿漉漉的,村长的女人有时把洁白的奶水往地上挤,边挤边骂，说这讨厌的奶水把她胀痛了。可她就是不愿意给这个被抛弃的女孩喂奶。他扑通一声跪了下去。村长的女人没想到他会这样，疑惑地望着他，随后想起了他的身世，母亲的柔情便在她的眼里漾开了，她说，行，我喂她。

他又打猪草去了。这一天的白云和飞鸟，都来跟他说话。它们好像在说，你有个女儿了，你有个女儿了……是的，我有个女儿了，他想，就像老爷爷当初把我捡回家一样，我又把她捡回家，我不愁喂不活她，村里生孩子的女人一个接一个，这个的奶水干了，那个的奶水又活泛了，等她长到一岁，就能喝汤了，吃饭了，她也很快就会叫我爸爸了。

这个世界上最小的父亲，这一天过得多么幸福。

黄昏时分，他回了村。他把猪草送到公猪圈，就朝村长家飞跑。他要抱回他的女儿，让女儿睡在他的身边，给她唱小鸟们唱的歌。

女儿没有了。那里是一个小小的码头，时常有外地人上岸买些干粮，村长的女人说，她把孩子送给一个外地人了。她说你都是个孩子，怎么能养孩子呢？

事实上，孩子不是送了，而是被卖给了一个外地人。卖了五块钱。

……

我的这个朋友，现在已满四十岁，可他一直没结婚。他说他已经有一个女儿了，他的女儿流落在这个世界的某个角落里，他一生一世都要寻找她。

老人与猪

孙春平

初春的一天午后，两个负罪的逃犯窜进大山，并顺手将村街旁一个四五岁的小男孩挟在腋下，直向村后一座突兀的山峰攀逃。追捕的武警战士迅即将山峰铁桶般地围住。逃犯在峰顶喊下话来，说你们要是不放一条生路，我们先把这孩子撕了！这是两个穷凶极恶的亡命徒，孩子在他们手里，是垂死挣扎的最后一根稻草。

武警战士曾想迂回出击，但头盔刚露头，峰顶枪响，钢盔当地一震，惊得战士们急伏下身去。刑警们也曾放出警犬，但警犬刚奔上陡坡，枪又响了，警犬便山石般滚了下来。临阵指挥的公安局长说，这两人以前接受过射击训练，且子弹充足，我们要尽量避免不必要的伤亡。武警连长骂，要不是因为孩子，我就用迫击炮轰死他们！有人出主意说，那就先围着，饿不死，也渴死他们，山顶没水。武警连长说,眼看天就黑了。山那边几十米就是林子,真要让他们钻进去,这张网就算被挣破了,再想围住谈何容易。公安局长说,把村里有经验有见识的人请来几个吧,看有什么招儿没有。

请来的乡亲们坐在那里,老旱烟抽了一袋又一袋,可拧在一起的眉疙瘩就是展不开。

突然,有位老者说,狗不中用,把猪带上去咋样?

有人怪怪地笑了,说,不妨试试?

武警连长有点儿不耐烦,说,研究正事要紧,别开玩笑。

老者说,我可不是开玩笑。我们屯里有头猪,这头猪可跟别的猪不一样,它也好吃懒做爱哼哼,可它更像一条狗,会看家护院。只是要想把这头猪带上山,必须请动袁老太。袁老太要是胆小怕事不敢去,那这事就算我没说,拉倒!

公安局长来了兴致,说,详细说。

原来这袁老太是孤苦伶仃的一个人,中年丧夫,两个女儿也先后嫁出了大山。女儿曾几次来接她,可她就是不肯离开这个家,再劝得紧,老太太便说,让不让我把老八带去?不让带,就都闭嘴!老八就是那头猪,如此命名,含了猪八戒的“八”字意。这头猪最大的怪异就是不合群,不与同类亲近,也不许别人家的鸡狗驴羊靠近袁家的院门一步,凶猛得不亚于一头尽职尽责的看家狗。

七八年前,邻家的母猪下了一窝小猪,小猪们生下来便与众不同,毛稀,嘴巴长,好动,钻出圈门乱跑乱钻。村里人说,不会是杂种吧?这句话提醒了主人,心想,莫不是山上的公野猪夜里窜进了猪圈?这样的事山里人家常有,但这种杂交猪不能留养,生长缓慢不说,而且长半大后不好看管。主人狠了狠心,操起镐把,满院追打。就在最后的一只小猪即将丧命的时候,袁老太来了,说我正想买只猪羔养呢,可一时手头紧,买不起,就将就要了它吧。主人说,它还吃奶,你养得活?袁老太说,养活了算它命大,我试试吧。

那时袁老太家里还养着一条狗,正巧也刚下完崽。袁老太将老八身上抹了狗奶,往母狗跟前送。初时,老八不肯屈就,母狗也不肯礼待,可袁老太不急,猪羔饿狠了总要吃,母狗奶胀得难受,也顾不得谁在吮吸。果然,母狗很快变得安静而惬意,老八也吃得香甜起来。老八一天天长大,和母狗竟有了母子般的依恋。狗急了跳墙,它也一次次笨拙地蹿跳,摔得浑身青紫也不肯服输;那狗夜间卧在屋檐下,它也不肯进圈睡觉;见来了生人,狗冲着柴门汪汪叫,它也叫,只是那叫声尖厉,像猪挨宰,反给村民们平添了一些取笑的资本。

野猪的种,家猪的胎,吃狗奶长大的老八集中了野猪、家猪和狗的所有特性和品格,它有野猪的敏捷与凶猛,有狗的忠诚与驯服,当只和袁老太在一起的时候,又像家猪一样温顺。

公安局长听了介绍,心里已有了计策,便和武警连长一起登门求访。那个时候,春日西斜,袁老太坐在院心,远望着屯后的峰峦,脸上满是忧戚的神色。老八正卧在袁老太身旁,听到脚步声,翻身欲起,袁老太轻喝了一声"趴下",它便又老老实实趴下了,眼睛里却闪射着戒备的光。

公安局长说明了来意和擒魔的打算,一言不发的袁老太起身进了屋子,再踅回来时,手里便多了两块玉米饼子,掰着往老八嘴里送。

公安局长说,大娘,我们知道这事很危险,在您带猪上山前,我们会向山上喊话,绝对保证您老人家的生命安全。

袁老太叹息一声,总算说出一句话,唉,就是我的老八悬啦!

候在院门外的孩子父母闻言,立刻齐齐跪倒,大哭求告,袁奶奶呀,从今往后,我们就是您的亲儿子,我们给您养老送终啊!

袁老太抹搭着眼皮,说,人心都是肉长的,说那没滋没味的话啥用?她把手里最后一块饼子送进猪的嘴巴,轻声说,老八,走吧。

山野间安静下来,电喇叭向山上喊:山上请注意,我们派孩子的奶奶上山,跟你们具体协商有关事宜。老人家已年过七旬,手无寸铁,随她上山的还有一头猪,猪身上带着饮料和食品……

陡峭的山坡上,只有袁老太瘦小佝偻的身影,还有那只已近暮年的猪。老人蹒跚而上,显得平静沉着。老八则紧贴在老人身边,步态笨拙而迟缓。山上的恶魔麻痹了,他们正饥正渴,做梦也不会想到一个风烛残年的老人和一头笨猪会是他们的克星。

老人喘着粗气攀上了山顶,径直扑到哭叫着的孩子身边。孩子被捆绑在一块石头上,惊吓得浑身乱抖。老八的身子也在抖,那是累的,嘴角吐着白沫,稀疏的鬃毛间流淌着如泉的汗水。

孩子在老人的安抚下，安静了许多，经过短暂的休息，老八也不再抖了。此时老八显得很温顺，但仍一直眼盯着两个恶魔，就像一只忠诚的狗。

两个恶魔怕武警偷袭上山，仍死盯着山下，恶狠狠地对身后说，老东西，下山对他们说，不想让我们活，我们先一枪崩了这小崽子！

袁老太重重拍了一下老八的脊背，骤然厉声喝道，咬！给我咬死他们！

温顺的猪立刻变成了凶猛的猎犬，直向近在咫尺的一个恶魔扑去。恶魔大惊，手中的枪张皇落地，另一恶魔随即向老八开枪。红了眼睛的老八壮烈地嘶吼了一声，又向开枪者扑去。那恶魔跃起欲躲，但只那一跃，脑袋已暴露在武警的神枪之下，砰的一声，恶魔便跌倒在乱石间了。

惊乱一瞬间，武警已箭一般冲上山顶。两恶魔一死一被擒，袁老太和孩子均无恙。让人们深深叹息的是老八，它中了两枪，有一枪在头部。

袁老太对老八的死表现得很平静。她谢绝了一切酬谢，只是让孩子的父亲帮她在后院挖了一个深深的墓穴，把老八埋了进去。傍晚时分，老人常坐在那丘土堆旁，昏花的老眼遥望西天，不知在想些什么……

流浪的弦音

安　庆

捏掉头顶的一片树叶，秋天了。

瞎子那年说："我想认个干娘。"瞎子每走一个村都这样说着他的愿望。

瞎子唱的是地方戏，小段子、整轴子的戏都唱。唱得累了，停下二弦嘘口气，瞎子说："俺想认个干娘。俺娘死得早，俺……"瞎子很伤心。

瞎子再接着唱。瞎子连个干娘也认不下啊。

瞎子不服气，不服气的瞎子那年终于认下了一个干娘。

那是在瓦塘村，瞎子听见树叶落进水塘的声音，瞎子拉完了最后一个音，似一种断帛之声，瞎子擒住了一片树叶，几滴泪落在那片叶子上。

瞎子的两手还执着那把二弦。瞎子知道面前还蹲着一个人。别人都走远了，蹲在跟前的人说："孩子，我是个寡妇，你愿认吗？"瞎子的手颤了一下。"你愿认吗？"瞎子这次听准了。"娘。"瞎子"扑通"一声跪下，二弦响了一声，像从他心里跑出的一个音符。

干娘去扶他。干娘说："给娘拉一曲吧，算认娘曲。"

瞎子说："娘，阿炳也是瞎子，我就给娘拉阿炳的《二泉映月》。"

场地静着，稍息之后，弦声骤起，而后弦声悠悠扬扬起来，一泓泉水在瞎子的弦声中流淌着，一弯月儿映照进池塘。瞎子看不见，但瞎子知道干娘的身边又站满了人。

曲终。干娘起身说："孩子，娘给你做饭去，今后再来瓦塘，你不用吃百家饭了。"

"娘！"瞎子的泪哗地流出来。

那年瞎子二十一岁。

瞎子依然到处去拉他的曲子，唱他的坠子。瞎子习惯了游走，瞎子脚下的路就是手里的那根棍子。瞎子和干娘有一个约定，就是每双月的十九回一次瓦塘村。瞎子说："娘，我不能天天待在瓦塘，我还要出去唱坠子呢。"

干娘说："记住，娘等你。"

每一次走时，干娘都把他送到村外的十字路口，问干儿往哪个方向去，然后孤独地瞅着瞎子远去的身影，看天上的几只鸟儿叫唤着伴着干儿往前走。那是她家房檐下的鸽子。

有一次，是夏季，十八的中午雨就下来了，十九还未停。干娘打着伞在村外的十字路口等瞎子。不见瞎子的身影，干娘心里急得慌。干娘沿着一条路往前走，走一段再回来；又沿着另一条路往前走，走一段还不见瞎子，再回来……

从另一条路回来时，干娘看见路口站着一个雨人。干儿说："娘，我踩着脚下的路知道泥路上走过一个人，娘，我连累你挨淋了。"干娘攥着儿子的手往家走。回了家，干娘为他换衣裳，又赶紧为他做姜汤。

每次回来，干娘都给他烙那种很香很香的饼，把他身上的衣裳换了洗了。干娘好啊，干娘让他的心里有了娘，干娘使一个瞎子在漂泊的路上有了一个温暖的驿站。

瞎子的心就动了。

那天瞎子说:“娘,你想听一个孩子的故事吗?”瞎子说:“十三岁那年我接连失去了爹和娘。在一个雨天干爹把我拉回了他家,干爹说要从此养我做儿子。那个女人就是因为干爹收留我而带着他们的女儿离开干爹的,从此干爹就一直养着我,我们爷儿俩相依为命……”

干娘紧紧攥着他的手。

干娘说:“儿的命苦。”

瞎子说:“爹知道我认了个好干娘,一直想当面来谢谢干娘。”

干娘握着瞎子的手点着头。

瞎子的干爹和瞎子一起来瓦塘是一个秋日。瞎子和干爹走进院子时,一群鸽子往高处飞,又在院子里旋着不远离。瞎子听干爹干娘一见如故地攀谈起来,脸上就有笑漾起来。后来瞎子对干爹干娘说:“爹,娘,你们都是苦命人,你们握握手吧。”瞎子说着把两双手往一起拉。

两双手就紧紧地握住了。

瞎子把手也握上去。

三双手紧紧地握住了。

干爹和干娘的脸上都有了泪。

瞎子坐下来静静地展开二弦,一曲乐儿悠悠地漾起来,时光慢慢地从他的脸前滑过去。

瞎子依然走在路上,手里的棍子就是脚下的路。瞎子走着走着就禁不住想:我终于找到能和爹在一起的娘了。

瞎子想着,棍子击地,竟然在路上唱起来。

深　秋

安　庆

进入八月,秋梅的心就被拽回家乡了。

八月深秋,正是满野飘着玉米馨香的季节。这时候的秋梅有些激动地想着自家田里的玉米,想着玉米穗尖儿飘动的红缨子,仿佛看见母亲的身影,闻着玉米的馨香了。从离开家乡进入这个城市起,秋梅总是会在每年的秋天请假回一次家,秋梅回家是去吃母亲煮的玉米棒,那是真正地享受大自然沐浴的玉米,不是现在城里一年四季都有的大棚里的那种。只有家乡的玉米才会包含那种土地的暗香,吃起来才会有那种含着甜香的双重味道。

一到秋天,秋梅就有一种莫名的感觉,就想回家,回家吃母亲煮的玉米。说不出自己为什么偏爱吃煮玉米,也许是因为自己生在秋天;母亲说生她前吃了两穗玉米,秋梅在胎里就闻着煮玉米的味儿了。父亲也是在秋季离开人世的,那时候秋梅才五岁,她隐约记得母亲拉着她和哥哥站在父亲坟前茫然的哭声。几年前的秋季,秋梅离家的前一天,母亲默默地挎着荆篮去地里摘回几穗玉米,煮好之后把黄澄澄的熟玉米放在她的眼前。母亲说:"孩子,想吃玉米时就回来。"

一进入八月,她就有一种归心似箭的感觉。八月里,到处葱葱绿绿,蜻蜓在青草上飞来飞去,蛐蛐儿在草窝里唱着小曲儿,秋雨过后满野的空气格外清爽。回了家,母亲常挎着那只荆篮往地里走,瘦瘦的身影淹没在无边的青纱帐里。那一年看母亲挎着荆篮往地里去,她跑过去要挎篮子,母亲不丢手,她就挎着母亲的胳膊,她看见母亲日益多起来的白发像玉米缨子一样地飘,心里隐隐地有些忧郁。人干吗要老呢?母亲这么慈祥的人也会老呀?

水在火上滚,几分钟后那玉米的香味儿溢得满屋子都是。母亲说:"成熟前的玉米穗儿,也就是熟到七八成时的嫩玉米煮出来最好吃,干干净净的黄像刚刚升起的太阳的颜色。"秋梅有一次和单位的几个人进饭馆吃自助餐,一伙儿人津津有味地抢吃切成一截截的玉米,只有秋梅稳塔似的坐着。有人问:"秋梅,你不吃呀?"秋梅摇摇头。真的,秋梅从不在城里的街上买玉米吃。她只喜欢吃母亲煮的玉米。有一次吃着吃着,秋梅忽然冒出这样的灵感:吃母亲煮的玉米,好像在吃母亲的奶。秋梅为这种想法而激动,更坚定了回家吃玉米的念头。

往往是玉米煮熟了,母亲把一锅的玉米从火上端下来,把一个个玉米棒捞进灶台上的一个用秫秸编成的小筐里。一缕缕热气喷成一个个小小的气柱,幻成气圈儿往上蹿。晾几分钟,母亲把一只玉米棒递给女儿,女儿接过来,睃着母亲也拿过一只,便贪婪地吃起来。

这时候女儿就要告诉母亲自己在城里的一些消息,让母亲为自己高兴。秋梅说:"妈,我受了奖励,工资又涨了一级。"母亲问:"真的吗?"秋梅说:"真的,我能骗妈吗?"母亲嘱咐:"做本分的人,好好干,干好才有出息。"秋梅点点头,她看见母亲脸上绽出了欢喜的笑容,她迎着母亲的目光笑得露出了白白的牙齿。

有一次秋梅啃着玉米说:"妈,我每年都回家吃你煮的玉米,每年。不,一辈子都回家吃,也给妈带来女儿的好消息。"

母亲笑笑,脸上的皱纹往一处挤:"妈不知道还能给你煮几年,妈是煮一次少一次了。”

秋梅急了:“妈,你咋这样说呀?妈,你记着,女儿喜欢你煮的玉米,你要长生不老。”

秋梅真的每年八月都回来一次。秋梅有一个哥哥,哥忙,要种地,还要抽空做些生意,很少和母亲在一起。那年八月她去找公司的经理请假,经理说:“好像你每年八月都要请假。”

她说:“是,每年和母亲约好了,回家吃母亲煮的玉米。”

这年回家,母亲挎着荆篮往河滩走。秋梅有些迷惘地跟着母亲,母亲把她带到河滩上一片勃勃生长的玉米旁。秋梅看见玉米穗上的红缨子舞动着,在河滩的上空一群麻雀叽叽喳喳地叫着。水细细地流,瘦瘦的河道淌着一股清流,水边长着极肥的草,有人在草地上放牧牛羊,时不时传来牛羊哞哞咩咩的叫声。母亲站着,母亲说:“咱家的责任田被新修的公路占了,这是我开的荒。”

“开荒?”

母亲点点头。

母亲庄重地说:“我要让你每年都吃到我亲手种的玉米。”

秋梅呆呆地站着,秋梅知道开荒的艰难,要除掉荒草,剔走石子……她看着母亲,看着母亲越来越驼的背,不知道该说些什么了。秋梅蓦地想起自己的那句想象:吃母亲煮的玉米像吃母亲的奶。那次秋梅吃得很慢,吃得很香。

又一年秋天,她又踏上回家的路。

“妈。”她喊着。

水开了,玉米在锅中咕嘟咕嘟地煮着,玉米的香气出来了,溢得满屋子都是。秋梅把锅端下来,把玉米捞在那个每年盛玉米用的秫秸筐里,腾腾的热气顺着筐沿往空中飘。

秋梅把半截玉米放在母亲的手里,母亲倚在床头,慢慢地抬起手,把玉米棒慢慢地往嘴边送。秋梅也开始吃,吃另半截玉米。吃了几口,像往年一样讲她在城里的消息:“妈,我要被提为公司广告宣传部的经理了,公司已经对我考察过。我写的两篇关于广告策划的文章在北京一家杂志上发表了……”

母亲侧着头看着秋梅,脸上露着笑容,最后的笑容。

第二天晚上,母亲走了。

秋梅搂着母亲,哭着,唤着,把个秋夜哭得好阴沉。

哥说:“妈其实一直在等你回来。”

母亲葬了,坟地就在荒地的不远处。

又是一年的秋天。

这一天午后,秋梅打开寝室的门,哥风尘仆仆地站在门口。哥把几穗煮玉米递过来,说:“照妈的嘱咐,每年的秋天我都给你送玉米穗来……”

秋梅伏在哥的肩头,好久好久才抬起头,泪眼婆娑地对哥说:“哥,回去告诉妈,每年秋天我还回去,咱一起去看妈,还吃那片荒地上的玉米穗……”

硬卧车厢的吃客

安石榴

一个精精瘦的男人,皮包骨又不显嶙峋的男人。他坐在下铺,这个时候还看不出他与吃有什么关系。火车开出二十分钟之后,每一张卧铺票都变成了卧铺卡,行李的位置固定下来,上铺和中铺的旅客爬上去躲在他们的“小匣子”里,陌生旅客旅行中短暂的第一次交谈告一段落,车厢开始安静、有序。精精瘦男人低低地但是欢快地叫了一声,双手在大腿上搓了一下,说,开始吧。对面铺上的妻子把一只白色大号整理箱往身边拉了拉,两只手分别按下整理箱两侧的搭扣,半透明的盖子被拿开,箱子里满满的全是食物!

从东北一个边疆小城到达终点北京,这趟T字头的火车要用掉二十一个小时,穿过整个漫长黑夜。此刻是午后两点,小餐桌上摆满了食物,杀猪菜、蒜泥、高度白酒，三股味道势力极强，这在火车车厢中是不易出现的场景。尤其是经过保温饭盒密闭过的杀猪菜，散发出不依不饶的霸道气息，以至于保鲜袋中的酱脊骨、拆骨肉和小塑料杯里的肉丁炒咸黄瓜、炸红辣椒油，都可以忽略不计了。杀猪菜的汤底一般是煮肉的浓汤，本身就有浓烈的腥膻和香料味道，加入酸菜、血肠、大片肉、粉条，味道之冲无法形容。喜欢吃这一口的东北人，在当吃客的时候，内心和外在历经数次气味和环境的磨砺，会产生一种只可意会无法言传的亲切感，或者说古老的以心相偎的乡情。而一个纯粹的旁观者，是很难忍受它的。果然，上铺和中铺的人翻转了身，甚至探出上半身向下看，但并未露出厌恶的神情，他们笑着回绝了精精瘦男人的邀约，再次翻转了身安歇去了。

夫妻两人一直吃到了薄暮时分、傍晚时刻。上铺和中铺的人爬下来吃晚餐。精精瘦男人把空了的小餐桌再次摆满，小小的桌子立马丰富生动起来，它们是葱段黄瓜段、婆婆丁、鸡蛋酱、绿豆芽炒肉丝、炒土豆丝。嘭的一声，他打开一瓶花河啤酒。上铺的两个人相跟着去餐厅，中铺的两位坐在边座吃过盒饭，便看着那对夫妻火热的吃相和他们闲聊。列车两侧的车窗挂上夜的帘幕，第四瓶啤酒盖被启开。上铺旅客回车厢也加入了聊天队伍，然后他们先后去了洗手间，或者有人在两车之间的吸烟区吸了一支烟之后，爬上自己的铺位睡下了。这时候，精精瘦男人从另一个保温饭盒中拿出一沓春饼，妻子递给他一副一次性塑料手套，两人开始卷春饼，葱香、酱香再一次飘散。

中铺的一位旅客是个天生有着羁旅情怀的人，旅途中总是无法好好入睡，身处莫名其妙的忧伤和痛苦之中不能自拔。黑暗中，他悄然起身，嗅到下面小餐桌上的两个新菜品——锅包肉、尖椒炒干豆腐。酸甜的余味，被削掉锐气的辣味，悬浮着。他探出头，精精瘦男人独自一人坐在一片漆黑之中，过道窗下的壁灯只勾画了他的轮廓，他的妻子睡下了。那只大号“百宝箱”挪到精精瘦男人的床铺上了。

他从中铺下来，走去吸烟区，靠在车门玻璃上点燃一支烟。火车在穿越黑夜，淡淡的星光使地面的黑暗产生铁一般的沉重感。远方的小城镇在稀疏的灯影中沉睡。精精瘦男人的影子在他眼前摇晃，随着火车的节奏。他笑了，想，这个精精瘦的男人，这个旅居巴西的东北男人，这个注定漂泊一生的中国男人呀！火车在行进，刚才还在远方的小城镇此刻正擦肩而过，铁道口停着一辆皮卡车，驾驶室的灯亮着，司机低头玩手机，副驾驶位上的女人，翻着一双大眼睛茫然地看着在她眼前隆隆驶过的火车。

他回车厢，精精瘦男人在独饮，这一次是自酿山葡萄酒，犀利的酒精和醇厚的芳香比他的身影更清晰。他把脚放在阶梯上，没爬，似乎有一个问题，似乎又不成一个问题。但，他还是问了：

你是在巴西利亚还是在里约热内卢？

瘦瘦的影子回道：巴西利亚。

然后一声长长的叹息，轻巧地刺透了黑夜。六年了，六年了，他说。精精瘦男人抬起了手，可是并不能看到他的手势，他的声音带着一股与黑夜匹配的苍凉：我这是第一次回来，第二次离开。

金莲花

陈 毓

御道口镇是木兰围场边上的一个镇子。木兰围场四周的地名多叫“御”什么，让你猜不出是当初皇上招呼大伙儿这样叫的，还是后来附贴上去的符号。

说是镇子，其实只有十几家小店铺，从镇东头走到镇西头，用刚刚吃饱了饭散步的速度也就是八分钟，再慢慢走回来，还是八分钟。

鲍江月是镇东头一家开旅馆的女老板的女儿，旅行社订了她家的房子。我们的车刚停稳，就见一妇人跑出来，站在车子扬起的尘土里，等看见车上跳下熟悉的导游，就朝屋子里喊：赶快开门，客人到了。

就有一个女孩子跑过来看，探了一下头，又往回跑，回头就听见一串钥匙响，很快地响到楼上去，乒乒乓乓，一溜儿门都打开了。女孩子再出现在楼下，踮着脚尖向放满一桌的一次性杯子里倒茶。每个茶杯里都放一朵花,滚水一冲,花就开在杯子中间,活生生地鲜艳着。她说是金莲花,清热去火的,很适合夏天喝。

有看见楼房后面蒙古包的客人说想住到蒙古包里的,有不耐烦楼上卫生间等候的,小女孩都很殷勤地帮着换房间、带路,忙进忙出,很是兴奋。

在她忙碌的间歇,我抓住她的胳膊,问她是不是十二岁了。她表情很吃惊,睁大了两只细眼睛看我,回答说,是的,上一学期是六年级。我就摸一下她脑后冲天的羊角辫,说,那你叫什么名字?鲍江月。说完就用右手食指在左手心上画,给我解释三个字的具体写法。

草原上风硬,人的皮肤黑,鲍江月就有着草原硬风吹拂出的有釉光的黑皮肤,低额,宽脸,两只眼距离很开,像是蒙古族血统。问她是不是蒙古族,她说父亲是蒙古族,母亲是汉族,她从前跟母亲的汉族,过了这个暑假就跟父亲,是蒙古族。

再问为什么,她说是父亲的意思,因为过了这个暑假她就要到城里念书,那里没有草原。一个在草原时是汉族、等离开草原却要在民族那一栏里填写蒙古族的人家,我想他们有他们的逻辑,就没有再"为什么""为什么"地问下去。

除了一楼辟出的餐厅和厨房,鲍江月家有二十间客房,还有楼后的七个蒙古包。我看见蒙古包空着时,就想换到蒙古包里住。鲍江月说,潮,不好住。不让去。她拽一拽我的手臂,悄声对我说,二楼还有一间屋子,带阳台的,靠近她的房间,在拐角,能看见草原,早上要是醒得早,站在阳台上就能看见日出。她让我悄悄去跟她的母亲要。

吃过晚饭,星星就出来了,鲍江月家的小饭馆里有电视机,但好像没有人待在房间里看电视。下午来的路上,姓马的导游问晚上有没有愿意吃烤羊的,如果愿意的超过了十个人,她可以联系烤一只全羊,这样平均到每个人就比单烤一只羊腿实惠;还可以燃篝火,放烟花,篝火的劈柴和烟花是免费的。

寂静的草原夜,响起的不是马头琴伴奏下如水的长调,而是炮仗的声音。如果你看见烟花在星星边升起,那就是有一个旅行团在烤全羊了。

烟花升起在鲍江月家的前院,烟花升起在鲍江月家的后院,烟花升起在鲍江月家的侧院……站在鲍江月家的二楼阳台上,不用去数,仅从烟花升起的次数就清楚这一夜鲍江月家杀了几只羊。

正是夏深秋浅的旅游旺季,草原上草美羊肥人欢实呢。

现在是七月中旬的深夜,鲍江月站在庆祝烤全羊的人圈儿里,冲天的羊角辫被火光剪影成一座小小的塔,火光爱抚着她上了釉似的皮肤,在她浑实的手臂和小腿上舞蹈。她站在跳跃的火光中,显得比白天安静。

熬夜不要紧,反正现在是假期,明天可以晚起。

到九月,鲍江月就是中学生了。她要去离家四十公里的廊坊上学。新学年她住在舅母家里。往后呢?也许她要住在学校的集体宿舍里。

鲍江月说这些话的时候会很专注地看你,细细的眼睛望定你,让你觉得她的神情很像是一只突然跑上道路跟人不期而遇的松鼠的神情。

放假的时候她会回到草原来,看得出她很愿意忙,忙碌的时候家里会有很好的收入。草原上的旅游季节性很强,过了这一阵儿就得等到明年了。她真心为家里的生意帮忙,她喜欢看见远处的人来。她喜欢夏天,夏天人多,而冬天,镇子上总是那么些人,走过来走过去,一张张再熟悉不过的脸,看得日子都沉闷漫长了。

现在很好,在七月中旬的草原夜,鲍江月站在一群穿戴得花样百出、既熟悉又陌生的人群里,等待一只全羊被慢慢烤熟。她依旧穿着正午时分穿的那条太阳裙,暴露着她浑实的手臂和小腿。太阳裙的底子是白色的,上面开满了金色的金莲花。

花儿与少年

陈　毓

我们走在去月亮湖的路上。导游又开始导游了:我们现在置身于科尔沁草原的边上,草原上有四大名花:罂粟、虞美人、金莲花、干枝梅。罂粟、虞美人的美不用我说大家也许早有耳闻。金莲花特殊些,它只会长在草原深处的沼泽旁边,哪里有金莲花说明附近就有沼泽,连牛羊都知道提醒自己不要身陷其中。干枝梅最为奇特,那是草原沙化的符号,哪片草地长出了干枝梅,说明哪片草地已被严重破坏。草原上的牛啊羊啊的,会躲开那片草,不吃,就保护了草原。导游似乎想要幽默,但还是没有人笑。干枝梅淡紫的小花小星星似的抱死在枝上,干着,也不会凋落,所以很多游人会不辞路远地带花回城。

草原上的月亮湖,想想都觉得美,一路上的风光也好。导游一再说,月亮湖才是最美的。她说这边的草原多是杂草,月亮湖那边的草原:一色儿的绿!她还说环绕着月亮湖的是百花坡,据说百花坡是中国一位来此视察的领导命名的。那位领导人站在那片繁花覆盖的坡地时不禁感叹:百花坡!百花坡!意思是那里的花有一百种之多。但导游说,那感叹其实是缺少想象力的,何止百花?肯定不止。去了就知道了。如果有愿意数的人也不妨数数看。导游说啊说,就有人问,月亮湖是不是湖形像月亮?导游说,是湖水映过月亮。

她的回答很激情,很诗意,大家暂时沉默,在沉默里放飞想象。

车在一个拐弯处坏了。"莫名其妙!"导游说。车是新车,路是好路,第一次出门,怎么说坏就坏了呢?

那辆没有跟人打招呼说坏就坏的车并没有叫游人不高兴,因为在他们眼里,车坏的地方实在就是很好的风景地。大家一窝蜂下了车,导游喊"不要走太远"时,人们早已三三两两散漫到了草原上。

风从草尖上生起,风吹草低,蓝的天空也低低的,野花像草一样繁茂。遥远的深处有一棵树,离人太远,远成一个黑点。不久黑点的旁边又出现了一个黑点,不停地变大,就听见一种声音,由远及近,由隐约到清晰,没在深草里的双脚就能感觉到大地的震颤,很有弹性的震颤,骑手和他的马就这样在众人的注视中出现了。没在草里的人一起冲骑手呼喊,喊的却是:马!马呀!那骑手却是连看也不看喊他的人一眼,向着我们要去的月亮湖的方向,纵马而去……

马蹄声去远,又折回来了。等响到跟前,才看清楚来的跟去的不是同一个人、同一匹马。去的人是逸马而去,马上的骑手已经中年;来的马颠步而来,马上伏着一个少年,少年的大半个身子掩在花的后面,看上去少年像是坐在一匹身上开满了花的马的身上。

少年飘下马来。少年卸下那些花儿。少年把花摆在路边。

呵,一个英俊的卖花少年呀!散漫在草丛里的人一并赶将过来:这个是什么花?那个叫什么名?有问必答,不管你买还是不买。声音低低的,是个好脾气的英俊少年。问答之间,少年的眼睛却不看游人,看在那些花上,像是欣赏,又不像。间或他会把目光投放到远处,那里,风从草尖生,向四野吹。这时你觉得少年的目光像一汪湖泊,是我们要去的月亮湖吧?有点儿忧郁,含着心事,被云翳罩着,跟打量他的目光保持着距离。人禁不住要猜想,他的心事是什么呢?是更多地卖掉他的花吗?卖更高一些的价格吗?他要凭此攒足下学期的学费吗?但看他不在乎人家跟他还价、对付款多少不大在意的神情,又觉得不像。

三元一束。五元一束。少年的花很快被游人买走。金莲花、铁线莲、干枝梅离开少年和他的马,开放在花花绿绿的女人们的怀里,开在小女孩的头顶、颈项上。她们都在笑,笑容很像怀抱着的花儿,她们和花儿合影,背景是深广的草原。少年和他的马偶尔被定格在照片的一角。

少年的花已卖完,他还是不向游人看,那英俊的年轻的脸像是藏在云朵后的月亮,让看他的人不由得想去打探什么,却总是被挡在某一层看不见的屏障外边。

少年上了他的马。好像还是飘上去的。马像来时一样,带着它的主人,颠着步子走,去的是我们来的方向。

暮色从少年消失的地方升起,忘情在草原深处的人们忽然想起自己要去的方向——月亮湖。我们要去的月亮湖在哪里呢?

这个深夜,在等待又一只全羊被烤熟的人圈里,和女孩鲍江月手拉手站着的,就是那个草原上卖花的英俊少年。

现在我们知道了,他是鲍江月的哥哥,他的名字叫鲍江大。

望 水

蔡 楠

舅妈风风火火地跑进了水文站,气喘吁吁地对我说,你大舅的老毛病又犯了,你快去看看吧！我那时正写水情汇报,就不在意地说,不就是在大桥上望水吗?你让他望去,反正他也快望到头了！舅妈一下子把我从椅子上拉起来:这次不一样,他都爬到桥栏杆上了,你再不去劝他,他就跳下去了。

我赶紧随舅妈出了水文站。在枣林庄大桥上,我看到大舅笔直地立在桥中间的栏杆上,消瘦的身体立成了一株风中芦苇。春天的阳光已经膨胀出干旱的气息,像夏天一样炎热。大舅那一头从年轻时就花白的短发,在阳光下放射着炫目的光芒。他一动不动地望着远方,把自己望成了一尊神。桥上桥下站满了看热闹的人。

我知道大舅的犟脾气。白洋淀水势浩大的年代,他辞了公职，从城里回到了老家。大舅说，他喜欢水乡的长堤烟柳，水月桃花；他喜欢淀里的苇绿荷红，鸟飞鱼跃；他还喜欢船上的渔歌互答，炊烟袅袅……大舅就傍水而居，一屋一船一妻，后又有一儿一女一孙。水乡成了大舅的栖息地。水成了大舅的魂儿。

可是后来白洋淀说干就干了。水干了，鱼没了，鸟飞走了，荷花开败了，芦苇干枯成了麦苗。大舅的船就翻扣在了干裂的淀底。许多人都刨了芦苇，种上了玉米、大豆和高粱。大舅却立在千里堤上，立在枣林庄大桥上，透过绿油油的庄稼地眺望远方。舅妈看着别人的收成眼馋得不行，整天不停地嘟囔，我看你别叫旺水，干脆叫望水得了！大舅摸摸一头花白的短发，瞪瞪眼说，望水就望水，望水有什么不好？

好是好，可水终究没有望来。大舅不是老天爷，也不是龙王爷，更不能让黄河之水流到白洋淀来。可大舅能在白洋淀挖出水来。他请来了城里的打井队，在自家承包的苇田里挖了一口池塘，用井水养起了鱼。大舅对舅妈说，有水的时候粮食比鱼贵，没水的时候鱼比粮食贵，八月里卖了这一池塘鱼，就够咱儿子上大学的学费了！大舅和舅妈就整天守在鱼塘边，像守护着儿子一样。

一天早上醒来，大舅却看见鱼塘里的鱼都浮上来了，而且还把白花花的肚皮翻给他和舅妈看。大舅很纳闷，心说这鱼也通人性，是不是想上岸和我说说话啊？等他用抄网捞上两条鱼一看，他惊叫一声，一下子就昏了过去。

那是一池白花花的死鱼。

还是舅妈心细，她沿着鱼塘转了一圈儿，发现在靠近一片玉米地的边缘，有一股污黄的水流进了鱼塘。顺流而上，舅妈穿过枯萎的玉米地，走了不远的一段路，就看见了堤坡上冒着黑烟的造纸厂。

大舅一纸诉状把造纸厂告上了法庭。就是在等待判决的日子里，大舅望水的瘾越来越大了。后来严重到不吃不喝，也不说话，不回家，一年四季没日没夜地围着白洋淀转悠。转悠累了，就定定地望着远方，望了西边望东边，望了天上望地下；望得日沉红影无，望得风定绿无波。舅妈就长叹一声，这老头子已经不是人了，他早就丢了魂儿了！

只有我知道大舅的魂儿丢在了哪里。

从水利大学毕业后，我被分到了白洋淀枣林庄水文站。我开始一步一步走进我大舅的世界。我发现大舅也不是天天那么面无表情地瞎转悠。只要一提到水，甚至只要阴天下雨，大舅的魂儿就暂时回来。在大舅丢魂儿的这些年里，白洋淀也时不时有过水，有的是上游水库放的，有的是从外地买来的。但终究没能找回往昔水天一色的浩渺。我把这水信息在报给上级的同时，也报给大舅一份。大舅听完我的汇报，总是像领导一样点点头，眼睛放射出仍然有魂儿的光芒，然后就来到他的船前，给船刷油漆。大舅刷完船，又刷自己。大舅就成了一个漆人。

直到如今，水没有托起大舅翻扣在淀底的船，白洋淀边的这个漆人，也没能再度扯起白帆。他仍然痴迷在望水的境界里。

不过今天，我想我能唤回大舅的魂儿。我挤过看热闹的人群，来到大舅的近前。我把手里的一份红头文件举过头顶，大声喊道，大舅，来水了，来水了，黄河水马上就要引来了！今年水量入淀高程会达到七米呢！大舅没有回头，却说了话，我知道，那是我望来的天上之水。看，她已经来到我的船前了，我要去开船了！

咚的一声，大舅从桥栏杆上跳了下来。桥上那株风中芦苇，又变成了活生生的男人。

我知道，大舅的魂儿又回来了。

马涛鱼馆

蔡　楠

渔船像口锅，翻扣在千里堤上。马涛也顾不得锅底的黑，就一屁股坐在了锅上，一边抹着汗一边对旁边气喘吁吁的马柱说，淀干了，爸！

是干了。马柱还在猫腰撅腚地擦拭船上的泥土，头也没抬。他想在船上涂一层油漆。爷儿俩刚刚把船从白洋淀里拖到了岸上晾晒。

你涂漆也没用，淀干水净，没鱼了，船也没用了。马涛眯缝起眼睛瞅着越来越强烈的阳光，这死老天爷，也不下场大雨，莫非让人心也要干透了？

马柱没听儿子抒情，拿着油漆瓶子和毛刷过来说，马涛你起来。

我起来干吗？马涛依然瞅着阳光，他已经瞅出了一个花花绿绿的世界。

你起来我刷漆!

你刷吧,我起来你刷!你好好刷!马涛说。

可我起来,我就走了。马涛又说。

你走我也得刷。我就不信这白洋淀不来水!马柱拽了儿子一把。

马涛就起来,从堤坡的小柳树上摘下他那件红色的衬衣,头也不回地走了。

马涛去了县城。离开了水的马涛徘徊在阳光下的城市里,感觉自己像一条行走在岸上的鱼。城市也是干的,城市里没有港汊,没有芦苇,更长不出荷花来。马涛把那件红色的衬衣脱下来,用手举过头顶,开始在大街上奔跑。衬衣就在风中铺展成一朵硕大的荷花。

马涛在一个烹饪培训班里学习了不久,就应聘到一个单位做厨师。一天一顿午饭,马涛的活计就很清闲。干完活儿,还可以到传达室和警卫、保洁工聊天儿、看报、侃侃世界杯什么的。马涛就觉得自己也成了单位的人,甚至产生了转正、找个城里对象的想法。他把这想法和食堂服务员温小暖说了。温小暖就笑着说,马涛你可真逗,你要是能转正,我都能当局长了。马涛听了这话,像泄了气的皮艇,一下子蔫在了水面上。

温小暖的打击刚刚过去,单位就换了个领导。新领导一上任就约法三章:全体职工中午一律回单位食堂吃饭;有宴请也要在食堂安排;食堂要一天一个菜谱,保证饭菜的多样化。

吃饭的人多了,马涛就变得忙碌起来,再没有聊天儿、看报、侃足球的时间了。忙倒没关系,问题是众口难调。很多人在外面吃顺了嘴,回到食堂不习惯,不是熬菜嫌咸了,就是做鱼嫌淡了,絮絮叨叨的指责让忙得一头汗水的马涛心里冷冷的。最让他不能忍受的是那天新领导的发火。那天本来领导胃口挺好,还和大家有说有笑的,可吃着吃着就皱了眉,他从嘴里拽出了一根金黄色的头发。领导就把筷子啪地一摔,马涛你看这是什么?是不是白洋淀里的草?我要扣你的工资!

被扣工资的马涛就辞职不干了。临走前,他拿过一把大剪刀,找到正在午休的温小暖,咔嚓咔嚓把她染得金黄的长发剪成了短发。

马涛又行走在城市的阳光里。他又一次把那件红色的衬衣举过头顶,让它招展成一朵盛开的荷花。招展完了,这朵荷花就飘落在黄家鱼馆的屋顶上。

黄家鱼馆的老板收留了马涛,喜欢上了马涛,并把家传的全鱼宴制作秘方传给了马涛。一时间,马涛成为全鱼宴的名厨。在他当主厨时,黄家鱼馆成为县城一个热闹的去处。

在品尝全鱼宴的人流中,温小暖来了。马涛看见她的头发长长并又染成了金黄色,像一条黄花鱼。跟在黄花鱼后面的竟然是单位的新领导。那天,马涛亲自给他俩上菜。马涛笑吟吟地对领导说,领导,你不是不到外面吃饭吗?怎么还带了个俄罗斯小姐呢?

领导就十指交叉地笑着,马涛是你小子呀!这不是什么俄罗斯小姐,她现在是负责后勤的温主任,我带她是来向你学习的!

马涛就把一条红烧鲇鱼端到了他们面前。他在鲇鱼肚子里填上了一团头发。

马柱终于在黄家鱼馆里找到了马涛。那时马涛正和黄老板的女儿黄春健高兴地数钱。马柱啪一下就给马涛一巴掌,你小子在这里玩开心了,我和你娘想你都想疯了!

马涛就被扇蒙了,被扇乐了。马涛对春健说,这是咱爸,你快去倒水!

爸,你早不来晚不来,偏偏在这鱼馆红火的时候来。你来了,我就该回了!马涛把钱放好,捂着半边脸说。

小子,白洋淀来水了,我那渔船又可以下淀捕鱼了——

马涛站起来,撇撇嘴,就你那破船?早过时了。我要买一艘快艇,还要把咱家临堤的房子拆了,盖个饭店。告诉你,不叫黄家鱼馆,也不叫马柱鱼馆,就叫马涛鱼馆!你说行不行?

你是说你答应回家了?马柱举起手来,又给了马涛一巴掌,不过这次没扇响。

马涛点点头,把马柱摁在了椅子上,望着鱼馆外面的车流人流和高楼大厦,慢慢地说,爸,城市好,可城市是别人的城市,不是我的。我的家在白洋淀,在千里堤上。

一个月后,风生水起的白洋淀边,荷香飘逸的千里堤上,马涛鱼馆正式开张迎客了。

鸡啼声声里

王 往

一声鸡啼。

众星隐退。村庄从露珠上升起。

卧室的门帘撩起。母亲起床了。

吱呀一声,堂屋的门开了。月光把银杏的枝条递进了门槛,在屋心铺上图案。

母亲走到屋外。暗红的梳子在发间划动。

小黑狗从门旁的破篾箩里爬出,伸了个懒腰,跑到母亲脚边,围着她转圈。

丝瓜的触须弯弯地探路,像细细的小黄鱼在水草间觅食。葡萄藤上倒挂着蜕了壳的蝉,尖尖的尾巴连着透亮的壳。

银杏枝头的白头翁打哈欠了,有一些小小的争论,轻轻地推挤,露珠啪嗒啪嗒地掉。

母亲的短发像韭菜一样清秀。

母亲进屋,放下梳子。

勺子在缸沿碰出一声响,母亲往锅里添水。一只壁虎迅速地窜上了屋梁。

灶膛里亮起火光,母亲的脸暖暖的,像正午的红月季。一只蟋蟀蹦到母亲的手臂上,晃了两下触须,又弹了出去。

炊烟拉近了天空与村庄的距离。

米粥的香味飘散开来,仿佛无数花瓣在轻舞飞扬。

母亲提了篮子,走向菜园。

长长的豆荚,像长长的辫子。紫色的花朵像发卡一样别在豆架上。母亲卷起袖子,摘个不停。摘了豆荚,又摘黄瓜,摘茄子,摘西红柿,摘辣椒。红的花,白的花,紫的花,黄的花,簇拥着母亲。一时间,母亲年轻了,成了扑蝶的少女,月光带着她的影子在花丛游弋。

瓜菜躺在篮子里,让母亲的目光为它们摄影。母亲笑了:这么新鲜,带着露水,是市场上的抢手货。

母亲摘来几片宽大的芋头叶,给瓜菜盖上。小凳子放在一个篮子里,秤放在另一个篮子里。

小黑狗衔着扁担过来了,母亲拍拍它的头:回家时,给你带一包骨头。

母亲挑起担子试了试,青竹扁担吱呀呀地响。母亲又对小黑狗说:好好看门。小黑狗低低地汪汪两声,跳进了破篾箩。

母亲挑着担子刚要走,又站住了。

母亲走到儿子的窗前,轻轻敲着窗子:孩子,饭在锅里,早点起来,吃了上学,别迟到了。

没有回应。

鸡啼声响成一片,好像有什么事情要发生。月牙颤了一下,隐入了云彩。

母亲放下担子,又开了门,走到了儿子的房间。母亲的手捂到了儿子的脑门上……

妈,妈,妈妈……我叫着。没有回应,“妈妈”这个词语焊接了我的唇齿。

去抓母亲的手,却怎么也动弹不了。

醒来时,再听,那鸡啼声,原来是从农贸市场传来——我在广州,在异乡的床上;母亲在江苏,三千里以外的乡村。

月光早已越过了窗口,碾过黑暗中的旧照片。

打开灯。

床头的茶几上放着一盒感冒药。

羊倌儿的爱情

宗利华

二孬在西山坡上放羊。在这个春光明媚的上午,羊群出人意料地安静。

二孬抱着荆条鞭子,注视着坡上的花花草草,猛地想:我该找个老婆啦!嗯,都二十好几的人啦,不找个,太亏。他接着开始考虑选择谁。最后从实际出发,把目标锁定为在东坡上放羊的三妮。三妮长得差劲,浑身上下没有四两肉。但三妮善跑,羊都跑不过她。她还能在几十米开外扔石头子儿打羊,说打右角绝不会是左角。你说厉害不?

二孬开始有意无意到三妮家串门儿。三妮爹明白怎么回事以后,想,这怎么行?自己要和二孬的爹结成亲家?坚决不成!他爹那是个啥东西?猴头猴脑的,不实诚。

就在二孬在各方面进行渗透时,一个坏消息把他惊呆了:刘媒婆真就把她的老腿迈进三妮家,给三妮说下山下一户富裕人家,那男人带着一个孩子。

二孬急了,越过河沟,到对面山上找三妮。

我……我想让你做我老婆!

三妮的脸蓦地一下红了!你,你这个……流氓!

二孬豁出去了!三妮,我是真喜欢你。听说有人给你说媒,到山下去嫁一个二婚男人。

胡说八道什么?谁说嫁他了?三妮一下子站起来,像是眼里有了泪,转身就走。

二孬站在那儿,心里兴奋起来。他觉得三妮的表现很让自己满意。既然这样,二孬想,直截了当和三妮爹摊牌,成了一个势在必行的举动。当晚,二孬悄悄把他爹的半斤白酒灌进肚子,然后,拧拧脖子,抬头看看明晃晃的月亮,大踏步走进三妮家。三妮爹正在那里披着月光自斟自饮,一瞧二孬,有点吃惊。

叔,我喜欢三妮。

三妮爹愣住了!他吸了口气,说,可俺家三妮喜欢你吗?也不照照自己长得啥样?二孬说,那你叫三妮出来,让她自己说!三妮爹叫来三妮,问,三妮,我就问你一句,你相中这臭小子了吗?

没想到,三妮端详二孬半天,果断地点点头!二孬热泪盈眶!

但二孬马上被兜头泼一瓢凉水!三妮爹提出两个条件,一是要在山下盖房,二是要配齐"三金一木",即金项链、金戒指、金手链和小木兰摩托。

二孬进行一番激烈的思想斗争,果断地跟爹说,我要出去打工。二孬进了城里的建筑队,爬上高楼,泥一身水一身,每天都累得浑身散架。可没想到,到年底,那包工头竟然卷了钱不见人影!农民工辛辛苦苦干一年,一分钱也没到手!二孬回到家里,一躺好几天。三妮爹放出话来,就这点儿本事,还想娶俺家三妮?

三妮却偷着来瞧他。二孬出去闯荡这一年,身体更结实,人也变得更稳重。三妮好喜欢。二孬说,你放心,明年一开春,我还去!等有了钱,就能到山下去盖房子!三妮脸红了,你不很聪明的一个人吗?怎么不想想别的办法?

二孬说,我还能有啥办法?三妮说,办法倒是有一个,不过,不知道你有没有胆量。说着，脸又红。二孬说，你的意思是，生米——做成熟饭？三妮瞋他一眼，美的你！你就不会去骗我爹一次？二孬恍然大悟！

当晚，二孬就来到三妮家。见了三妮爹，就喊，爹！三妮爹一摆手，慢着，你来干啥？

我来和您商议，是不是趁着年关，我和三妮把亲事办了？

做梦吧你！三妮爹跳起来，你有钱啦？房子盖起来了？二孬惶恐地说，没有。

那结什么屁婚？要三妮嫁给你喝西北风？

可是，爹，再晚了，就来不及啦！您没看三妮的肚子？这不，那次回家……没想到，竟然有了！

三妮爹呆住！好半天，大吼一声，你这个畜生！顺手摸起一根扁担。二孬见势不妙，早一个旱地拔葱跃起，兔子一样，窜向院子外。

开春的时候，二孬和三妮把喜事办了。

1978 年的饺子

刘建超

队长把我领到绪叔家时是秋天的一个午后。

绪叔,这是咱队的下乡青年,姓刘,轮到你家派饭了,三天,要让青年吃好,老规矩,三天里得给青年包顿饺子吃。

绪叔四十来岁,已是满脸皱纹,头发花白。放心吧,青年是咱的亲人,自己吃不好,也得让青年吃好。

绪叔家有两个十来岁的孩子,绪婶腿有残疾,走路不是很方便。从家境看就知道日子过得艰辛。我在绪叔家里第一次吃饭,竟然吃到了野菜。以前总说过去如何如何艰难,吃不到粮食只好吃野菜,没想到绪叔家的野菜调拌得那么好吃。看到我吃得还好,绪婶放心了,说城里的孩子金贵,怕你吃不惯呢。

我刚下到队里,队长不让我开伙,说先要和贫下中农打成一片,吃派饭。每家三天,还规定三天中得让我吃顿饺子。那是我一生中吃饺子吃得花样最多、最频繁的日子。

在绪叔家的三天里,我没吃到饺子。最后一顿饭是捞面条,浇蒜水,拌的苦苦菜。不同的是在我的面条碗底有两个荷包蛋。绪叔一家吃的是红薯面条。绪叔拍拍我的肩膀说,青年,我欠你的。

晚上,队里记工分,队长大声问我,青年,是不是家家都给你包饺子吃了?谁家没有包,我扣他十工分。我说,都吃了。明天我就自己开伙了,谢谢大家。我看见绪叔把头放得低低的,烟袋锅子散着浓烟,呛得人想流眼泪。

绪叔是个很乐观的人。每天上工,他会把那只不拍就不会发音的半导体收音机挂在锨把或锄头把上。做活歇息时,他就现学现卖,开始"新闻联播",宣讲天下大事。

绪叔家把着村口,吃饭时他总是端着碗,蹲在门外的一只石磙子上,一边喝汤,一边和认识或不认识的人打招呼,吃了没有?没有?那赶紧回家吃吧,都晌午头了,可该吃饭了。

吃了没有?吃过了?噢,吃过我就不请你了。没吃,咱锅里有。

没有见到谁能吃到他家一口饭。一天,我们几个青年故意待在绪叔家不走。

绪叔说,你们也不回家招呼一声,家里人该着急了。

都和家里说好了,今儿黑在绪叔家喝汤。

绪叔磕磕烟袋锅子,今儿黑当真在叔家喝汤了?

我们几个点点头。

中!绪叔起身从大缸里挖出几瓢麦子,倒进一只布袋里,说,等着,我去磨麦,咱吃捞面条。

绪叔出去了。我们在屋里打扑克牌。

绪叔空着两手回来了,电磨那儿停电了,麦也磨不成。

我说,绪叔,咱不着急,咱等电来了再说。

绪叔打发绪婶,去,再去看,我就不信后半夜还能不来电?

要等到后半夜啊,还不知道能不能吃到嘴里哪。我们就嘻嘻哈哈地告辞。

绪婶在门口悄悄地往我手里塞了个鸡蛋,鸡蛋还是热乎乎的。绪婶低声说,刘青年,你们以后别再捣乱你绪叔了,你绪叔心里难受呢。

1978年9月,我参军入伍。离开村子的前一天晚上,我正在收拾家当,绪叔叼着烟袋锅子来到屋里,说,青年,走,跟我回家。

天黑,路也坑洼,只看到绪叔的烟袋锅子忽明忽暗,时不时映着绪叔那沧桑的脸。

屋里,绪婶正在捣蒜。油灯下,两个孩子瞪着眼盯住方桌上两只对扣着的大海碗。

绪叔把上边扣着的海碗掀开,是一碗冒着热气的饺子。绪叔把海碗往我的面前推推,吃吧,青年。你婶包的。你婶说了,青年来了一年,帮咱家办了好些事。要走了,舍不得。

我就是给绪叔家带过几包凭票供应的洗衣粉,给绪叔家的孩子送过些作业本和铅笔。

绪婶把调好的蒜汁搁在我跟前,吃吧,锅里还有啊。

我夹起一个饺子塞进嘴里。萝卜油渣馅的,油渣搁置的时间久了,已经有股怪味了。

两个孩子眼巴巴地望着我。我心里酸酸的。

我把饺子分到另一只碗里,趁绪叔、绪婶不注意,递给了两个孩子。

油灯下,绪叔一直闷头吸烟,不说话。

绪叔送我到门口,绪叔说,刘青年,叔家境不中,别笑话叔。你去外头当兵,可不敢把叔的抠门气拿到外头去啊。叔欠你的。

黑暗中,我没有让绪叔看到我眼角的泪。

第二天,队里的人都出来送我。队长还端着一碗荷包蛋。队长说,咱队穷,青年来了一年,有对不住的地方多担待啊。啥时候回来探家,来村里看看。

我给大家鞠躬,谢谢大家的关照。我说,昨晚在绪叔家吃的饺子,现在还撑得慌哪。

人群中的绪叔蓦地抬起头,满是皱纹的脸笑得跟花儿一样。

蝈蝈儿张

范子平

蝈蝈儿张叫张二碰，从小没了爹娘，街坊邻居东一口西一口将他养到十来岁，后来就让他在均家营北地看地。这儿有高粱、玉米，有芝麻、大豆，蝈蝈儿张生活在漫天遍野的绿色里，最喜欢大豆地里的蝈蝈儿，肚儿大，后腿长，一叫就是半晌不歇气儿。他到地里弓着腰，放轻脚步，静静听一阵。那蝈蝈儿促促促叫得正欢，听到一点儿动静，立即偃旗息鼓，静悄悄一声不吭，好像埋伏的士兵，停好长时候才咝咝小声哼一下，像是拉弦时拉弓轻擦一下琴弦的颤音，也像是浇地时哪条地埂跑了一点儿水从树叶上流过，似有似无的。蝈蝈儿张的耳朵可真是尖，就是这微微一声，他就吃准了，跑过去两手朝那片毛茸茸的豆叶上一合，一只大蝈蝈儿就到了他手里。蝈蝈儿的两瓣硬牙也很厉害，要是咬到指头肚上，没准儿就咬出了血,就是咬到手掌上,虽然啃不住肉皮,但是划拉个红印印儿也疼。对付这种咬,可不敢乱来,要是一慌张,不是失手扔掉了蝈蝈儿,就是拨拉掉了蝈蝈儿的大腿,那就白逮了。一般的逮蝈蝈儿者,只要两只手轻轻一夹,夹得蝈蝈儿有点儿迷糊就老实了许多,然后放笼里让它慢慢还原去。蝈蝈儿张不这样,他只是按照手掌上的感觉,顺势摸到蝈蝈儿的额头,两只指头抚摸似的轻轻移过去,握住蝈蝈儿的头,蝈蝈儿一点儿也不受损伤。那时候蝈蝈儿张捉的蝈蝈儿是送人的,均家营有孩子的家,差不多都得到过他的蝈蝈儿。到了夏秋季节,村里一片蝈蝈儿的叫声。

蝈蝈儿张快三十岁的时候,成了亲,有了孩子,家里就得有花销了。别人卖粮卖菜,他就到城里卖蝈蝈儿。他的蝈蝈儿笼子编得格外好,用高粱秆儿脖上的那段,咱这里叫"搁档儿键儿",粗细一致的,颜色一律的,编成各色各样的蝈蝈儿笼,有宽檐儿大堂,有窄檐儿小屋,有四方四正的小阁楼,有通体六棱的三层塔,有顶子尖尖还带欧美式窗子的教堂,有翘翘的玲珑画舫,不重样儿,每个都是艺术品。

他的蝈蝈儿不愁卖,都是带笼卖,他总是比人多卖几块钱。也有人问他:"别人都卖三块,你咋卖五块?"他别了头不理他们。当地很有名气的万财公司汪总听说了,专门开车到农贸市场,拿起笼子爱不释手,连连夸奖:"好,这笼子就是好!卖五块,值!"蝈蝈儿张就凝着眉挺不高兴地接一句:"光这笼子编得好?"汪总一愣,一时不知什么意思。蝈蝈儿张说:"我说这蝈蝈儿呗!集市上嘈杂,也分不清个好赖,可你掂了笼子走,一出这里就知道,到家一听,你就放不下了!这是均家营北地的蝈蝈儿,跟别的地方的不一样!绿油油,个儿大,肥嫩,大腿粗壮小腿长,腿上锯刺儿尖,跳得高,落地轻,更要紧的是叫得欢实,促促促促,唧唧唧唧,声儿悠长,夜静时候,传出几里地!床头挂几个均家营的蝈蝈儿笼子,你只管听吧,就跟音乐会似的,箫笛琴弦啥都有!"汪总激动起来,说:"你的蝈蝈儿,我全要了,每个六块,给你加一块!长期供货,现钱交易,咱签个合同!"蝈蝈儿张连连摇头:"你的心意我领,可是你都弄走,别人不是都要不成了?我在这里卖五六年了,就是卖个人缘儿,卖个滋味。"后来汪总又找蝈蝈儿张说了几次,这笔生意到底没做成。许多人都说蝈蝈儿张傻,不适应市场,白白丢了财。

均家营都谈论开发区的时候，蝈蝈儿张还压根儿没往心里去。谁想这形势说变就变，没半年工夫，这儿成了大工地，塔吊林立，推土机、汽车来来往往，北地正长的庄稼被连根拔掉，除了新挖的大坑，到处堆满了钢筋、水泥、木料。哪里还有蝈蝈儿的身影！均家营村一下子富了，光卖地款就有几亿，每个村民一年就补助上万元。到了秋天，蝈蝈儿张住在新起的楼房里，一百五十平米，里边装修得跟城里人一样，彩电、空调样样有。可是，蝈蝈儿张高兴不起来。他没事总是到老北地那一带转悠，看着高楼大厦唉声叹气。那天夜晚，蝈蝈儿张先入睡了，老伴儿忽然听见床边响起蝈蝈儿的叫声，还不是一个，有的细长，有的沙哑，促促促促，唧唧唧唧，叫得特别有韵味。老伴惊喜地喊："他爹，咱家来蝈蝈儿了，你听！"话音刚落，忽然发现，那蝈蝈儿声响正是从蝈蝈儿张口中出来的。蝈蝈儿张微笑着撮着嘴，流出的声音绵绵不绝。老伴儿一推他，那声音戛然而止，代之而来的是一连串沉重的呼噜声，老伴儿的泪就出来了。

家乡的风景

李世民

好多年了，王东都没有看到过家乡的风景了。

此刻，王东坐在行走的列车上，正朝着家乡的方向驶去。

二十多年前，王东背上行李，乘上了离开家乡的列车，去城里做一个建筑工人。王东清楚地记得，自己是第一个走出家乡的村里人。那时，王东只是一个卖力气的小工，郑州、武汉、长沙、广州、蚌埠、宁波等大城市小城市，王东都去过。王东被小偷偷过，被骗子骗过，被地痞讹过，被工头揍过，被老板榨过，王东几乎什么样的事情都经历过。

还是二十多年前，家乡的人谁也不愿意外出。家乡多好啊，有肥壮田地种着，有遮风挡雨的庭院住着，有知冷知热的媳妇滋润着。是的，家乡的风景真好。

二十多年,不知道出了多少苦力,流了多少臭汗,不知道磨亮了多少把铁锹,磨秃了多少把瓦刀,王东由一个小工,终于变成了一个手艺不错的匠人。王东成了村里第一个买电视机的人,王东成了村里第一个骑摩托车的人,王东成了村里第一个盖起瓦房的人。

还是二十多年前,村里人开始眼热买电视机、骑摩托车、盖瓦房的王东了,村里的年轻男子跟屁虫一样尾随着王东,送王东一包烟,叫王东吃顿饭,请王东喝点儿酒,大家都像一块块争先恐后的狗皮膏药,紧紧地贴着王东。于是,村里人就走进了郑州、武汉、长沙、广州、蚌埠、宁波等大城市小城市。

二十多年来,只有到了下雪的时候,到了过年的时候,王东才背着大包小包的东西回到家乡,与父母团聚,和媳妇亲热,看看家乡的冬天。家乡春天的桃花开了,油菜花开了;夏天里麦子的芬芳,秫秸的翠绿;秋天里玉米的金黄,大豆的金黄,只能像一坛老酒和一艘老船一样,停留和停泊在二十多年前的记忆里。

此时,正是秋天。

车窗外面一掠而过的正是玉米金黄和大豆金黄的秋天。

就在两个多月前,四十多岁的王东从脚手架上摔了下来,幸亏一根铁丝缠扯了一下腿,王东捡回了一条性命,却残了一条腿。王东就像做了一个梦,做了一个二十多年的遥远的梦,遥远的梦一下子缩短了与现实的距离,也缩短了城市和乡村的距离。王东知道,从此以后,自己再也不能容身于郑州、武汉、长沙、广州、蚌埠、宁波等大城市小城市了,只有家乡,才是这场梦的归宿。

还是两个多月前,王东处于一种尴尬的折磨和矛盾的煎熬之中,他突然觉得城市和乡村犹如两军的对峙,自己在这场对峙中已经英勇奋战了二十多年,而现在,自己像城里的敌人和一个失败者。虽然,城里的老板为王东治好了伤,城里的老板包赔了王东一些费用,可是,王东甚至不敢心安理得地把这件事情告诉媳妇,告诉家乡的人。王东难以想象,如果媳妇知道了,家乡的人知道了,结果会是怎样。二十多年前,村里只有王东一个人出去看城里的风景,剩下的人谁也不舍得乡村的风景;二十多年后的今天,只有王东一个人回来看乡村的风景,村里的年轻男子,谁也舍不得城里的风景。这,是王东的尴尬,也是王东的矛盾。

就在两天之前,王东终于咬紧牙关给媳妇打了一个电话,他觉得无论结果如何，最后还都要有一个结果。他知道城里拒绝了自己，他却不知道乡村会不会拒绝自己。

还是在两天之前，王东决定动身了，他要从城里的秋天出发，回到久违了二十多年的乡村的秋天里。

现在，就是现在，火车已经放缓了速度，甚至已经停了下来，在王东家乡的小站稳稳地停了下来。

王东拄着拐杖，拖着沉重的步伐艰难地下了火车，走出了站台。

站台外，已经站了黑压压的很多人，王东根本没想到，这是来接他的村里人。王东愣了很长时间，才看到所有的人都在看着他，而且，所有人的脸上都带着笑容。人群里，有老人、妇女、孩子，在人群里，王东看到了七十多岁的老主任和自己的媳妇。

是七十多岁的老主任先说的话，老主任说，王东，你回来得好哇，从今往后，我这主任的位置就卸下来，你来操持好了，村里，离不开男人啊。接着是自己媳妇说的话，媳妇说，王东，你回来得好哇，从今以后，俺白天有说话的了，晚上有暖脚的了，家里，离不开男人啊。

王东在村里人的簇拥下，像一位身经百战、凯旋的英雄一样，走在家乡秋天的风景里。

归家仓

刘正权

归家仓是黑王寨人对八月十五的另一种叫法。只是这种叫法在老辈人嘴里出现的频率要高些，年轻人还是习惯叫中秋节。毕竟是正名，如同一个孩子，取个诨名也不是不行，但成了家立了业，就得规规矩矩叫大名了，显得尊重人。

在这点上恰好相反，黑王寨人成了家立了业后倒把归家仓放在了头里。按老辈人传下来的讲究，八月十五以前，地里的庄稼、树上的水果、园里的蔬菜，都得归到家里入了仓库。

人都晓得要团圆，庄稼不也得团圆一回？当然，这时归家仓只是一个形式，象征性地每样收一些回来。把半生不熟的庄稼收回来，老祖宗不敲扁你的头才怪，那是败家的行为呢！

黑王寨最不败家的女人是小满。打从过了八月初十,小满就开始到北坡崖巡查,很有成就感地巡查。

小满的成就感建立在她的勤劳上,男人东志出门打工了,地里家里就她一人扛着。爹过世了,娘瘫在床上,日子就显出了难,不然东志也不会出门打工。

娘瘫归瘫,却要强,娘这会儿就冲巡查回来的小满发了话,说,小满,今儿初十了吧?

小满说,是初十了,我这就到店里买月饼吃。小满以为娘想吃月饼了,也是的,娘瘫得脸上没了血色,过了这个中秋节恐怕就没下个中秋节了。

这么想着,小满就抬头望了一眼院子里的柿树,一片柿叶在风中挣扎了几下,像时光叹了口气似的,惶惶地飘落下来。

娘也叹气,说,花那冤枉钱干啥!我吃了月饼就算过中秋节啊?我是问东志有信儿没?

小满摇摇头,她知道东志的脾气,早先俩人在一个厂里打工时,从来就没年啊节啊的概念,他脑子里除了挣钱还是挣钱,能加的班从不放过。

娘就有点儿不高兴了,猫儿狗儿的都晓得要归屋的,他个当爹的人了,咋不晓得归家仓呢!

小满说那娘您先躺会儿,我把树上的柿子给下了,拿到集上可以卖个好价!

别!娘一下子急了,摘不得的!

小满说,咋摘不得,都八成熟了,用温水一浸,红灯笼似的,好卖呢!

娘说,小满你咋不晓事呢?

小满说,我咋不晓事呢?这不归家仓吗?

娘说,别的先归,这个等东志回了归!

小满说,东志只怕回不来呢,跑来跑去要路费!

娘好端端地突然火了,娘说,挣钱为什么,不就为一家团圆过幸福日子?眼下团圆日子到了,两边扯着算个啥?

小满嘟囔了一声,您儿子啥脾气您不知道啊!

娘就不说话了,躺那儿呼哧呼哧喘气,说,反正,那柿子你等东志回来了下,我准保他八月十五一准回来归家仓。

小满不吭声了，出门，望望满树的柿子，柿子又大又圆，黄皮上已开始显红了，等不到十五，准像一串串红灯笼挂在树上。

挂就挂吧！

小满有的是活儿，小满就又上了北坡崖，黄豆该收了。

以往收黄豆，都是东志和小满一起，有说有笑的，那活儿就显得轻。干累了，俩人站崖顶上朝自己屋里望，一树红柿子就招招摇摇挂着，小满常说，嘴馋了就回去摘了吃啊！

东志往往就拦了她的话头，别，留着给归家的人照路吧！

照路是黑王寨的说法，黑王寨人出门，喜欢选月头月缺为离家日，归家则选月中月圆为团圆日，又大又红的柿子就是给归家人指路的红灯笼呢！

只是今年……小满叹口气，东志只晓得给别人照路，咋没想到自己家里也有条路照着等他回来呢？

晚上，娘再问小满，东志还没信儿？

小满点点头，一口一口喂娘饭。

娘那天精神头儿很好，吃完了又添了一碗。一般娘都吃得少，人瘫着，吃多了屙尿不方便，娘就忍了口。

娘吃饱了，似乎很满意，还要小满替她摘了一个柿子。完了娘冲小满说，放心，东志十五那天准能归家仓的，我拿灯笼引路呢！

小满心说，娘的脑子躺出毛病了，归家仓，几千里外说归就归啊！把个柿子真当灯笼了。

第二天，小满扫完院子里的落叶进屋去喊娘，一喊娘不应，两喊娘还是不应，三喊小满就带了哭声。娘手里的柿子啃了一半，人却奄奄一息了，只是手里还死死攥着那咬了一半的红柿子。那柿子才八成熟，涩得能让人喘不过气，娘的病是沾不得这东西的！

小满忽然明白娘昨晚的话了，娘是拿自己当灯笼了。

东志是接到小满电话后动的身，紧赶慢赶，在十五那天傍黑回到了黑王寨。远远地东志看见自家院子里红灯笼一样挂着的柿子在风中摇了几摇。

啪！就在他推开院门的同时，树顶上最向阳的那颗柿子掉了下来。

东志刚要弯腰捡，蓦地，从里屋娘的房间传来小满的一声长嚎，娘哪，你咋把给东志引路的灯笼给丢了啊！

东志双膝一软，扑进里屋，半个红红的柿子正好滚到他的脚下。

归家仓呢，今天！东志耳边响起每年这个时辰娘最爱说的一句话来。

二丫的心事

刘黎莹

大丫出嫁后二丫就有了心事。娘说,二丫,去西岭的豆地里打打药。娘说了好几遍,二丫就是不动弹。娘说你姐嫁人走了,地里的活儿就指望着你了呀二丫。娘这辈子要是有个儿子就好了。十个龙皇女抵不上一个跛脚儿子。二丫天不怕地不怕就怕娘说这种戳心尖子的话。二丫只好去豆地里打农药。老远,二丫看见保兴也在地里打农药。保兴和大丫订婚快两年了,原打算秋后成亲,没承想大丫一翅子飞到城里去了,嫁给了一个干泥瓦匠出身的小包工头儿。大丫没出嫁的时候和二丫住一个屋。二丫眼瞅着大丫脖子上的金项链越换越粗,手上的金戒指也越戴越大。那天保兴来问大丫,问着问着就垂着头嘤嘤地哭。那时候二丫一个人站在门外明晃晃的月亮地里。保兴伤心的哭声像猫爪子一样一下一下挠得二丫心疼。二丫一脚踹开屋门,使劲扯住大丫的褂袖子往外拽。二丫的个头和力气都比大丫大。二丫想把大丫拽到天井里好好教训一顿。二丫没想到保兴正跪在地上,双手死死抱住大丫的腿不松手。二丫就火了,说保兴哥你好没骨气,叫花子门前也有三尺硬地,你还是个男人吗?

保兴就不再哭了。

二丫说乡里也有灵芝草,城里也有趴牯墩。

保兴起身接过二丫递过来的毛巾,擦擦泪扭头就走了。打那以后,保兴只要是在村子里碰见二丫,脸就立时红成一块绸子布。二丫一看见保兴,心里就像揣个小兔子一样怦怦地跳个不停。二丫也弄不明白自己是怎么一回事。昨天夜里做梦时又梦见保兴和她一块儿下地干活儿。果真,今天她一来豆地打农药,保兴也来打农药。两家的地紧挨着。打完药,二丫跑到地头边儿上的水渠里洗手,保兴也跟着去洗手。

二丫说保兴哥你过晌要是有空帮我上村北花生地里撒化肥去吧。保兴一迭声地说有空,反正在家闲着也怪没意思。两个人正说着话,保兴家里的人来叫保兴赶快回家。下午,二丫早早地来到村北自家的花生地里。二丫一张水灵灵的俊脸蛋儿眼瞅着黄蜡似的瘦了一圈儿。二丫有了心事,不能对娘说,更不能对大丫说。二丫想豁出去了,等会儿保兴哥来了,就把自己的心事一股脑儿说出来。话不说不明,木不钻不透。二丫一个人等了好几个小时,眼瞅着夕阳像个大血球一般一点一点地坠落到山后头去了,保兴连个人影儿也没来。一连好几天二丫也没见保兴。再后来二丫终于在地里看见保兴了,可当时都在忙着收秋,掰玉米刨花生割豆子,忙得连饭都顾不上吃,二丫一直没有机会把心里的事讲给保兴听。忙完秋,二丫进城买了玫瑰红的纯羊毛线,悄悄背着人给保兴织毛衣。二丫从没舍得给自己织过一件纯羊毛的毛衣,直到现在二丫身上穿的毛衣还是用腈纶线织的。那天,二丫正坐在天井里织毛衣,听见一阵噼里啪啦的鞭炮响。二丫手里织着毛衣,也跑到大街上看热闹。

一群光头娃儿在大街上跑着唱着:

香椿芽棵棵家,

红姑娘要出嫁。

金镏子银拢子，

花红轿绿顶子。

二丫在那一刻感觉自己的心脏停止了跳动。

新郎保兴穿着崭新的西服，西服领上别着一朵大红花。接新娘的喜车停在街中央。二丫憋足了劲儿，飞快地跑到村外河边。她把快织好的毛衣放在一块大石头上，然后拾起一块石头拼命去砸那件玫瑰红颜色的毛衣。二丫像疯了一样，把手指头都砸肿了，手上的血一滴一滴地洒落在毛衣上，可是仍然没有把毛衣砸烂。二丫赌气把毛衣扔到河里，恰好被刚才那几个光头娃儿看见后从河里捞了上来。娃儿们要用毛衣做网，去捞河里的小鱼小虾。嘻嘻哈哈的娃儿们你争我抢都跑到河里去了。他们跑着唱着：

小二妮剜菜根，

剜菜根喂小鸡。

小鸡儿长大了，

二妮儿出嫁了。

二丫站在河边，泪眼模糊。河里那一团玫瑰色的红越漂越远了。

房　客

刘黎莹

东和荣两口子正过得好好的，猛不丁地就离了婚。

别人都很奇怪。

荣搬回娘家后，不管哥和嫂怎么问，就是不开口。

哥说："荣，你看你这个人，谁不知道东是个知冷知热的人，干吗你偏要和东离婚？"

荣就不耐烦。

荣说："哥，这话亏你说，换别人，我非扇他俩耳光不可。"

哥就沉了脸。

哥说："你总要给我说清楚，醋从哪儿酸，盐从哪儿咸。"

荣说："东对我哪样都好，可我知道东在外头有个女人。东说只要我答应不管他和那个女人的事，他就把挣来的钱都交给我。”

嫂说:“他有女人就有呗,只要把钱都交给你不就什么都有了?钱在手头饭在口头,手里有钱不比什么都好?”

荣说:“嫂,你也是女人呀。这口气我就是咽不下。”

哥说:“荣,不是我说你,现在你回来了,连个住的地方都没有。”

荣想了想,说:“我就住爸妈留下的老宅。”

嫂急了。

嫂说:“老宅已经赁出去好几间。房客是个单身男人,你搬进去,不怕别人说闲话?”

荣说:“我不管。我就住老宅。”

荣搬进老宅后,发现房客大顺是个不爱说话的外地人,每天就知道闷头干活。村里才建了个布鞋厂,房客大顺专门给厂子里加工塑料鞋底。三间老宅,荣住一间,一间做车间,一间做仓库,大顺就把床安在仓库里。

大顺是个能干的男人,他见荣成天在家闲着,就说:“荣,你和我一块儿干吧,干一天我给你八块钱。”

荣说:“八块就八块。”

大顺不光脾气好,人长得汤肩禹背,帅气。

荣发现自己喜欢上了大顺。她喜欢听大顺说话的声音,喜欢看大顺干活儿的样子。

嫂对荣说:“荣,你可要当心点,大顺是个外地人,怕不牢靠。要找,咱也要找个知根知底的本地人。”

荣不搭话,只是笑眉笑眼地点点头。

荣怕嫂把大顺赶走,就找村里的木匠做了两根门闩。每天晚上天一黑,荣就把门闩好,一个人静静地躺在床上。

月亮出来了。

碎银一样的月光透过窗户一直照到荣的床上,把荣的脸映得光亮迷人。荣听见大顺正在院子里一个人走来走去。大顺的步子很沉很慢又很匀,每一步都像踩在荣的胸口上。荣好想让大顺来她的房里坐坐。她老担心那两根新做的门闩会伤了大顺的心。其实,那两根新门闩她是做给嫂和村里的人看的。更确切地说,是做给她自己看的。更深夜静,当她听见大顺在街上跟人说话,或在院落里咳嗽时,她真想一斧子把门闩劈个稀巴烂。

荣披衣下床,站在窗前。

大顺的影子在月光里晃过来又晃过去,把荣的心都晃乱了。

啪啦。

一根门闩从荣的窗子里飞了出来。

啪啦。

又一根门闩从荣的窗子里飞了出来。

荣和大顺隔帘相望。

帘子是去年秋天荣用草珠子串成的。

荣的手在空中一扬,又一扬,门上的帘子烂了,哗哗啦啦落了一地。

荣踩着一地圆鼓鼓的草珠子扑进大顺的怀里。

荣这时候听不见呱呱的蛙叫,也感觉不到如银的月光。她只知道这院子里就只有她和大顺两个人。

大顺却轻轻推开了荣。

大顺说:"荣,我知道你是个好女人,我也从心里喜欢你。可我不能骗你。我在家有媳妇,我怕鞋厂的人说我挂念家,签合同的时候,我没说实话。"

大顺的话像一盆冷水浇过来。

荣愣了半天,才哭着跑回房去。

月光如水。

虫吟似泣。

母亲的一年

周海亮

强子你还好吧？你还好，妈就放心了。过年你没回家，我和你爸都挺想你……知道你忙，工作要紧，妈什么时候都能看……玲还好吧？她脾气不好，你多让着她。你娶她时，咱家那么穷，连间房子都买不起，她能嫁过来，你该知足了……你胃病好些了吧？别不吃早饭，熬点粥，煮个蛋，用不了多长时间……小宝还好吧？他想奶奶吗？很长时间没见他了，他又长高了吧？……别让他吃太多糖，不好。过几天就元宵节了，强子你回家吗？回？好。这几天我和你爸团点汤圆，知道你和玲都爱吃。对，糯米粉，黑芝麻，熟猪油，白糖……不买现成的，现成的不合口……不费事的，你小的时候，妈不是常给你做？你回家，我和你爸都高兴。你爸？坐在旁边听我打电话呢！这老家伙，笑出满脸褶子……那就聊这些吧,电话费挺贵的。挂了吧强子！你先挂……

强子你还好吧？你还好,妈就放心了。元宵节你没回来,我和你爸都挺想你……知道你忙,工作要紧,妈什么时候都能看……玲还好吧？她身体不好,你让她注意休息。家务活,你多做些。你娶她时,咱家穷,连件像样的衣服都没给她买,她能嫁过来,你该知足……你换工作了？别总是换来换去,这山望着那山高,不好。能吃饱,安安稳稳的,健健康康的,就挺好……小宝还好吧？他想奶奶吗？几个月没见他,猜他又长胖了吧？……上学放学,你和玲要去接他,城里车那么多……过几天就清明节了,强子你回家吗？回？好。我和你爸给你留了点汤圆,冰箱里放着,坏不了。对,糯米粉,黑芝麻,熟猪油,白糖……清明天就暖和了,你回来,带你们到山上走走,顺便看看你奶奶,烧点纸钱。转眼你奶奶走三年了,都说人走三年,就是真走了,世上留不住了……你爸？坐在旁边听我打电话呢！这老家伙,笑出满脸褶子……那就聊这些吧,电话费挺贵的。挂了吧强子！你先挂……

强子你还好吧？你还好,妈就放心了。清明节你没回来,我和你爸都挺想你……知道你忙,工作要紧,妈什么时候都能看……玲还好吧？前几天她打电话回来,说你们吵架了,我和你爸一宿没睡觉。强子,不管什么事,多迁就她,她是你媳妇,侍候你和小宝这么多年,不容易……工作稳定了吗？稳定了就好。和同事搞好关系,别使性子。世界上哪有什么坏人？不过是一句话的事情……小宝还好吧？他想奶奶吗？半年没见他了,他可能早把我忘啦……过几天就端午节了,强子你回家吗？回？好。给你留的汤圆还在冰箱里,每次开冰箱,一眼就瞅见了。这几天我和你爸去摘点苇叶,给你们包粽子……糯米,火腿,苇叶,小宝去年喜欢得不得了呢。不买现成的,现成的不合口……不费事的,你回家,我和你爸都高兴。你爸？坐在旁边听我打电话呢！这老家伙,笑出满脸褶子……那就聊这些吧,电话费挺贵的。挂了吧强子！你先挂……

强子你还好吧？你还好,妈就放心了。端午节你没回来,我和你爸都挺想你……知道你忙,工作要紧,妈什么时候都能看……玲还好吧？前几天她打电话回来,说你给她道歉了,这就对了。玲不容易,嫁过来时,咱家那么穷……听玲说你工作不顺心,下班后多出去走走,别总闷在家里。在家靠父母,出门靠朋友,多交几个朋友,比什么都强……小宝还好吧？他想奶奶吗？大半年没见他了,怕是他连我的模样都想不起来了吧……近来也没什么节，你忙你的，别想着家里……对了强子，重阳节你回家吗？回？好。九九重阳，老人节，妈转眼之间，就成人见人嫌的老人啦！重阳节，天气好，你回来，我带你和小宝去山上看看。山上的苹果该熟了，红通通的，很漂亮……你和玲可以带一些回去，小时候，你最爱吃呢……你爸？坐在旁边听我打电话呢！这老家伙，笑出满脸褶子……那就聊这些吧，电话费挺贵的。挂了吧强子！你先挂……

强子你还好吧？你还好，妈就放心了。重阳节你没回来，我和你爸都挺想你……知道你忙，工作要紧，妈什么时候都能看……玲还好吧？她脾气不太好，你多让着她。她嫁给你时，咱家那么穷，连个金戒指都没给她买，妈一直过意不去……你胃病好些了吧？早晨别不吃饭，熬点粥，煮个蛋，用不了多长时间。要不就去外面吃点，油条豆浆，用不了几个钱……小宝还好吧？他想奶奶吗？快一年没见他了，猜他长成小伙子了吧？……你寄的钱，收到了。以后别再寄了，你和玲还得还贷款，知道你们也紧巴。冰箱里有汤圆，还有粽子，有苹果，每次开冰箱，一眼就瞅见了。天凉了，你和玲多加些衣服，别感冒……再有几个月就过年了，要是你工作太忙，就等过年回家吧！过年你和玲总该放假，是吧？你爸早说了，等过年，给你们宰只羊。宰只羊，才有过年的气氛。外面飘着雪，一家人坐在热炕头上喝羊肉汤，吃羊肉，啃羊腿……不累的，我和你爸又不是没宰过羊……你回家，我和你爸都高兴。你爸？坐在旁边听我打电话呢！这老家伙，笑出满脸褶子……那就聊这些吧，电话费挺贵的。挂了吧强子！你先挂……

强子你还好吧？你还好，爸就放心了。过年你没回来，我不知道你到底在忙什么……想打电话给你，你妈不让……清明节你肯定回来？如果太忙，就不用回来了……回来也看不见你妈了……你妈她走了，昨天刚走，很突然……冰箱里还给你们留了汤圆、粽子、苹果、羊肉馅水饺……临走前，她对我说，她想你们，她没活够……

一瓶1978年的茅台酒

高海涛

任增山用那双粗糙的大手，从院子里藤条粮囤下，挖出埋了三十年的一包东西，除去密封塑料布和棉花。一瓶完好的1978年的茅台酒放到了投资商手中了，投资商除了用十万元买下这瓶茅台酒，还在任现龙村投资建了一个大型棉油加工公司。

1978年，任增山的妹妹嫁到安徽小岗村前，用仅有的八元钱买了一瓶茅台酒，送给任增山："哥哥，今天你当了我们村的支书，这瓶酒权当庆贺吧，希望你带着我们村走向富裕。"

任增山看着这瓶茅台酒，泪珠就在眼里转，如果村里不穷，妹妹怎么会远嫁到外省的小岗村。任增山激动地说："妹妹，你就放心吧，哥哥会让任现龙富起来的，到时就接你们全家一起到村里住。"

几声唢呐，就把妹妹接走了，除了一个人，没有带走任何嫁妆。站在料峭的春风里，任增山看着地里稀落落的麦苗，抹去眼泪，狠下一条心："一定让任现龙村富起来！"回到家，任增山哪里舍得喝这样好的酒，把它封存了起来，趁没有人注意，把酒埋在了屋门口左边的干瘪的藤条粮囤下。

上任后，任增山在全村八百父老面前说："三年内，我要让全村的粮食增长达一百万斤，棉花年产五十万斤。"当时，只收成粮食五十五万斤，棉花十三万斤。

一年下来，满怀壮志的任增山，还是面对一组数字低下了头，五个生产队，棉花总收入八万斤，粮食六十万斤。更让任增山头疼的是，五个生产小队长纷纷撂挑子不干了。任增山也看清了问题的症结，全村人也明白。队长一敲钟，大伙儿扛着锄头出了门。干活时，大家你说我笑，不锄草，光锄苗。妇女们在一起东家长，西家短。大家出工不出力。就算任增山有三头六臂，也督促不起来这些"出门一条龙，干活磨洋工"的人们。

这时，妹妹从小岗村寄来了一封信。小岗村的十八户农民冒着坐牢的危险在大包干协议上按下了手印。其实，任增山三年前就有这种想法，曾向当时的支书提出一个"胆大包天"的设想：把地全分开。妹妹当时就说："哥哥是一个帅才。"当时的支书也明白这个理儿，说："主意是个好主意，可是谁敢搞？"

第二年春天，在县城开完三级干部大会，任增山不顾一切地往家赶，及时把"生产队可以分组，农民可以分自留地"的消息告诉大家。年底，传出一个爆炸性新闻，村里最穷的任铁柱家，买回了一辆崭新的自行车。这一年，全村人的家里都有了起色，任增山一高兴，就想把那瓶茅台酒挖出来，可是看到还得再倒出那满满一囤玉米棒，就放弃了这个念头。

除了这次想喝这瓶酒，任增山还有两次想喝的冲动。

一次是1981年春天。1980年春天，任增山偷偷为全村人每人分了一亩口粮田。全村的粮食、棉花产量成倍地增长，可是这年冬天的全会上"口粮田"受到批评。好在没过三个月，就有了合法地位。高兴，于是他就想喝了那瓶茅台酒。又是因为粮囤太满，茅台酒没喝成。

还有一次是1982年的春天。"大包干"席卷全国。这次这瓶酒非喝不可了，任增山也放话要请五个小队长。可是当他倒粮囤时，又舍不得喝了，一是想到了妹妹,二是它是五年的陈酒了。狠狠心,又买了一瓶茅台酒。

其实,以后的这二十五年,任增山不是没有喝那瓶茅台酒的念头,只是地里的收成越来越好,买瓶茅台酒不是什么问题了。就连他翻盖新房子时,也没有动那个藤条粮囤的地方,更没有把酒挖出来。

小岗村也富裕了,妹妹每年都来看哥哥一家。每次任增山都与妹夫讲那瓶茅台酒的故事。有一年,妹夫说:"我把这个故事讲给了一个深圳的老板听,那老板想出一万元买你这瓶酒。"

任增山说:"不卖,咱们又不是缺这一万块钱。有这瓶酒就有个全家人在一起的感觉。"

去年过年,妹夫、妹妹,还有大学毕业后上了班、结了婚的外甥、外甥媳妇都回来了。

妹夫问任增山:"大哥,咱们家的那瓶1978年的茅台酒还有没有?"

"有。"

"大哥,我看就把它卖了吧。"

任增山不语。

妹夫说:"十万元是你的,人家还想投资在任现龙村建一个大型的棉油加工公司。到那时,咱们村的棉花就不会卖给外人了。公司加农户,是一种新模式。"

任增山沉默了半天说:"我知道,这样好。这样的想法就像我当年分地的想法。可是我一想起那瓶酒,就想起妹妹在料峭的春风里出门子的样子。就这么一个妹妹,远走他乡。"

妹夫又说:"现在孩子大了,都在北京工作,如果公司弄成了,我和你妹妹都来任现龙村。"

任增山高兴得流下了眼泪:"一瓶1978年的茅台酒,过去是一家人分别的见证,如今却成了团聚的红线。我多亏了这些年没有喝了它。"

刨　树

赵文辉

这年冬天的一天,男人吃了饭去邻居家打麻将。男人今天手气真臭,一个劲儿点炮,兜里的十块钱没几圈就输光了。欠人家,人家不让,男人急得脸红脖子粗,说:“我还会耍赖?”人家就揭他的老底:“谁不知道你家里媳妇当家,去她手里掏钱比解大闺女腰带都费劲儿,她要不给你钱,你拿啥还我们?”男人觉得脸上无光,只好腾了位子,在麻将场待了一会儿,再没人搭理他,觉得无趣就起身回家。小北风刀子一样刮着,卷起一股股雪堆到墙根处。一到街上,男人就把脖子缩进了袄领里,真冷呀!

到了家门口,却见两个汉子蹲在他家门口墙角避风,两辆破自行车像两个醉汉一样歪在一边,每辆车上都绑了一张铁铲子。“刨树的?”男人问他们,他们点点头，身子缩得更小了一些。男人又问："没找到活儿？"一个汉子答："这鬼天气，喊了半天，除了一嘴雪，连个鸟也没有。"男人瞧他俩冻得脸色乌青，清水鼻涕挂在鼻尖儿下，就有些不忍，对他俩说："去家里暖和暖和？"两个汉子捂着快要冻僵的手，连说遇上好心人了。

进屋的时候，男人瞅了一眼南墙根那棵榆树，心里冒出一个想法。可是进了屋，却又不敢跟媳妇说。给两个汉子倒了白开水，拨开煤球炉让俩人烤火。汉子掏出烟，男人也拿出烟，推让一番，只好交换吸了。过了一个时辰，风一下住了，只有零星小雪飘着，两个汉子站起身。"得去寻活儿了。"一个汉子说。另一个汉子接话："这鬼天气，寻也是白寻。"这时，男人又隔着窗子瞅了一眼那棵榆树，望一眼媳妇，等两个汉子快出门了才鼓起勇气对媳妇说："要不，把咱那棵榆树刨了？"男人说罢看着媳妇，有些不安。

媳妇正在专心致志地剪一只花喜鹊，喜鹊眼总是剪不好，急得她头上快冒汗了。听了男人的问话，她连头也没抬，只"啊"了一声。男人犹豫着，不知这一声"啊"是同意了还是没听清，就又问了一遍。这次女人回答清楚了："刨吧。"却又问，"是不是还差一根檩条？"男人不吭声，望了媳妇好一阵，才开了口："刨吧，这雪天他俩人……"媳妇没再说啥。

两个汉子一听说有活儿干，浑身是劲儿，也不觉得冷了。他俩对男人说："刨树还是老规矩，不收钱，树皮归俺，不过晌午得管一顿饭。"又补充说，"好孬饭都中，只要叫吃饱，俺的饭量大。"男人知道他们把树皮铲去是做香的，过春节烧的香都是榆树皮做的。刨树时逢上树大了，高了，他们除了铲树皮还会收一点儿钱。男人点点头。一个汉子来到榆树下，往掌心喷了两口唾沫，双手抓着树干嗖嗖嗖就上去了。男人心里一惊，这身手要去偷东西，厉害着呢。这时汉子从腰后抽出斧头，开始卸树杈。

媳妇也开始做饭。男人凑过来，问："啥饭？""大米。"

"啥菜？""白菜，还有一疙瘩豆腐。"

男人迟疑了一下，怯怯地问："不割点儿肉？"

女人瞪他一眼："才吃过两天，割啥肉？"

男人不吭了，出去瞧了一会儿刨树的汉子，进屋又对媳妇说一遍："割点儿肉吧?”媳妇忽然明白了,笑了一下,说想割你去割吧。男人却磨蹭着不走,女人问:“你咋不去?”男人说没钱,女人说早上不是给了你十块钱?男人脸红了,说输了。女人心疼钱想发作,却见刨树的汉子正站在院当中,就忍住了。从兜里摸出一张票子递给男人,白了男人一眼。男人前脚跨出门槛,后脚留在屋里,他转过身问:“割几斤?”女人说:“想割几斤割几斤,还用问我?”声音很大,仿佛说给院子里的汉子听。媳妇就是这样,平时在家霸道得很,一个人说了算,可一有外人,却处处让着男人,很给男人脸面,让男人没法不死心塌地听她的。

这棵榆树对两个汉子来说是小菜一碟,很快就放倒了,开始铲树皮。

吃饭时,汉子见碗里稠稠的肉片,确实有些意外。两人吃过饭,把树皮捆扎好,绑到车梁上,一个汉子说:“大哥大嫂真是好心人,还专门割了肉,当客待俺们呢。”媳妇又往男人脸上贴金:“都是你大哥的主意。”两个汉子推了车要走,男人发现一个汉子没戴手套,这寒冬腊月的!就拿眼瞅媳妇,媳妇明白了,跑屋里拿出一双手套递给那个汉子:“把你大哥的手套戴上,要不手会冻烂的。”汉子接了,也不会说啥客气话,跨上车却瓮声瓮气丢下一句话:“过两天俺来给你家拗一对小椅子。”

过了几天,两个汉子果真来了。在院子里点下一堆火,拣从榆树上卸下来的几根大树杈放上熏,熏软了开始拗。他们还带了钉子,拗过了又钉一阵,一对新崭崭的小椅子放在了男人和媳妇面前。小椅子模样很乖,像两个穿了新衣裳准备过年的娃娃一样。

滑县乞客

赵文辉

不安门的院子才算真正的庄户人家。没有拒绝和设防,乞客可以一步跨入,径直走到风门外站定,敲响手里的呱嗒板:

“呱嗒嗒,呱嗒嗒,老大爷,寻个馍。给我黑馍我不要,给我白馍笑哈哈,笑——哈——哈!”

成了,嘴这么甜,一天要半篮子馍没问题了。

也有较恶的乞客,不满施舍者的居高临下,生着法儿戏弄人家一下。人家给了东西,随便问一声哪儿来的。乞客表面毕恭毕敬,心里却在冷笑,答:

“滑县的大爷。”

这句话,断开是尊称,不断便是让你唤他大爷了。

滑县多盐碱地,粮食收成薄,水淹的时候又多,口粮总不够吃。立了冬,一拨一拨的乞客开过来,在新乡辉县一带挨门讨要。这一带民风淳朴,狗都不咬人,乞客连棍子也不用带,任何一家,都可以长驱直入。只是不要碰上比乞客还穷的人家。

真有,王村赵麦根家便是。四个儿子,大驴二驴三驴四驴,一个个跟驴一样能吃:一锅馍蒸好了往外揭,揭完最后一个,一回头,揭出来的馍竟全没了;从菜园摘回一篮子黄瓜,准备拌饭吃,不到吃饭时候,驴们便咔嚓咔嚓消灭个精光,只好吃淡饭。几个儿子吃得赵麦根两口儿心惊肉跳。肚子都填不满,更别说穿了。四驴过冬没棉裤,就干脆钻被窝里不出门。穷归穷,赵麦根却是个乐观人,对未来充满了幸福的憧憬:掀三间,盖五间,南屋房后泥黑板。翻盖房子不说,还要把合作社的黑板泥到自己家房后。几个儿子一齐笑他:吹牛不脸红。

那一年过年没钱买鞭炮,大小驴一齐噘嘴,扬言不放炮大年初一就不起来磕头!赵麦根急坏了,眼睛猛然一亮,庄严宣布:大年初一保证有炮放!大年三十,风卷雪卷了一夜。大年初一一大早,赵麦根就在院里喊几个儿子出来拾炮。大驴二驴三驴兴冲冲穿衣,四驴没棉裤急得在被窝里嗷嗷叫。院里噼里啪啦响起了鞭炮声,隔一会儿还咚一声炸个大雷炮。几个儿子扑出来,却又全晾在了门口。地上连片炮纸都没有,赵麦根抡圆了牲口鞭子朝树上抽,嘴里噼里啪啦喊着,他媳妇在一边敲锅排。几个儿子被耍了,气得要把赵麦根的牲口鞭子剁成碎段。

他们决定去别人家拾炮。一出门,二驴就让绊倒了:"这儿躺个人!"三驴也叫:"还有一个!"原来是两个乞客,一老一少,母女二人,已经冻昏了。赵麦根从屋里跳出来,把母女二人往屋里抬。又往被窝里塞,四驴对炮事耿耿于怀,不腾窝。赵麦根说:"你滚一边吧!"拎起赤条条的四驴,扔猴子一样扔到了地上。一家人都是菩萨心肠,装热水瓶,熬姜汤,拿出半瓶烧酒给母女俩搓身子,忙得一个个头上冒热气。

乞客醒来,为了报恩,当场让闺女翠玲认给了赵麦根。在赵麦根家住了一整月,临走,翠玲娘说:"知道了你家的底细,有一句话我才敢说。"她要把翠玲许给大驴当媳妇。天上掉下个大锅盔!喜得赵麦根双手直颤抖。送走她们,赵麦根又开始吹牛:"我说了吧,咱们谁也打不了光棍。敲敲'猪不灿',大闺女来一院!是不是?"

大驴二十岁那年冬天,从地里出了萝卜,一家人正忙活腌萝卜。一个本家跑得上气不接下气,告诉他们:“大驴媳妇来了,在马路口等接呢。”一家人听了,半天回不过神来,大驴手中的菜刀当啷一声掉落在地。赵麦根醒悟过来,赶紧跑去给大驴借自行车,又转过头去买鞭炮。四驴嗖嗖嗖爬上树梢,把一挂鞭炮挂上去,又嗖嗖嗖滑下来,和一帮小孩准备闹洞房。这一年,花骨朵似的翠玲做了大驴的媳妇。

大驴娶了翠玲,就像老母鸡下蛋放了引蛋,二驴三驴也都娶上了媳妇。赵麦根两口儿从心底感激翠玲母女,逢人就夸:“滑县乞客,说个绿豆就是绿豆!”

民工的丧事

曾　颖

王福一直想给家里挣一大笔钱，于是他进城当了民工，白天日晒雨淋，晚上蚊叮虫咬，每天也不过能挣二三十元钱。把伙食费和路费一扣，一年下来就只剩薄薄的一小叠，离他梦想的至少放在桌上能砸出一声闷响的钱还差着十万八千里。

终于有一天，王福可以得到这么一大笔钱，但很不幸的是，王福不能看到这厚厚的可以把桌子砸得一声闷响的钱了，因为这钱是他的抚恤金。他在工地上加班的时候，横空落下的一根钢管让他得到了这笔钱。

消息传出去，他的母亲和老婆一老一少两个女人哭天喊地地从乡下赶来，她们身后跟着一大群亲戚，一半来自王福家，一半来自他老婆的娘家。他们各怀心事地跟在两个悲痛的女人后面，眼观六路，耳听八方，一副随时准备冲锋的样子。

工地方没有给他们冲锋的机会，自知理亏且息事宁人地与家属达成抚恤和赔偿的协议，抚恤加赔偿加丧葬费一共九万元钱，这笔钱甚至超出了家属们的期望值。家属们原本已运足准备吵架的气力在拿过那几叠砖一样的人民币之后消散于无形。

王福的老婆端着骨灰，他妈捧着装钱的黑包准备上路回家。王福的丈母娘也就是他老婆的妈觉得这样的分配有问题，于是提出，应该由王福的老婆捧钱包。此话一出，当即引起一片骚乱，原本众志成城的亲友助阵团一下子分成两拨，一拨是王福家的，一拨是王福老婆家的。双方一下子剑拔弩张，开始争论起来。由老丈母娘有没有发言权一直争论到今后两家还存不存在亲家关系。不争不知道，一争吓一跳，原来双方在这几天时间里，已各自为未来想了很多很多。

双方亲戚为究竟谁该拿钱包的事而争得不可开交。他们的争吵引来了“110”。“110”的同志在听明白了怎么回事之后，语重心长地教育他们：亲人尸骨未寒，你们在这里争得不可开交可不是件明智的事，赶快回家把丧事办了，然后大家坐下来平心静气地商量着处理后事，别让亲人死不瞑目！

大伙儿觉得有理，于是决定回家再说。为了不再起纠纷，由两家各派出一个得力的人共同看管钱包。大家似乎都害怕钱包眨眼之间就钻进了土逃遁不见了。

回到村里，灵堂一摆，吹鼓手和道士一请，该哭的哭过该哼的哼过该唱的唱过之后，大家觉得有必要把最重要的分钱的事办了。因为这笔钱数目之巨大，是在座的三十几口人从未见过的。

在王福的遗像前，整整齐齐地摆着九扎百元大钞，每扎一百张。这是王福梦想着为这个破家挣来的钱。依他的想法，先把房子修修，再给老妈买一台电视机，给老婆买几身新衣服，给女儿买个城里小孩儿玩的电子游戏机，最后给自己买辆摩托车，驮着老婆娃娃在村前村后的黄土路上飞上几圈……

可这一切只能是回忆了。现实是，随着王福的死去，崩溃的将不只是王福的梦想，还有以王福为纽带的一系列亲情关系。

王家最担心的是，随着儿子的去世，媳妇将很可能不再是自家的媳妇，但可怕的是，这个即将不是自己家媳妇的女人，却要分走一大笔自己儿子卖命的钱，那可是卖命的钱啊!

而媳妇及其家人担心的是,随着王福的去世,女人失去最赖以倚重的靠山,而他们的娃娃又那样小,如果得不到一大笔遗产,今后的生活怎么过?

王福的哥哥最担心的是随着弟弟的去世,供养老父老母的责任一下子全落到自己肩上,他必须为老父老母争得尽量多的遗产,因为这样,自己的负担显然就会小些。

王福的妹妹,虽说是嫁出去的女儿,但父母最宠爱她,父母的很多东西都有她的份儿,多为父母争一点,还不是为自己争。

王福的小舅子这半年做生意亏了不少钱,心想如果姐姐争回多一点,岂不可以找她赞助点。他也跃跃欲试地掺和着。

于是,各式各样的分配方案纷纷出台。有人提议分三份,老人一份,妻子一份,娃娃一份。此方案以引发小孩儿的抚养权争议而宣告破产。大家都想要小孩儿——和小孩儿名下那笔钱。

五五开——老父老母不答应,说,除非媳妇不再嫁!

四六开——妻子不干,她说,法律规定她拥有第一继承权。

办丧事三天,他们争吵了三天。到出殡那天,也没争吵出个头绪。搞得道士和吹鼓手们不耐烦,吵着闹着要撤摊走人。

丧幡撤走时,天下起了雨。

雨滴在王福的遗像上,很像眼泪。

亲吻爹娘

江 岸

可能是爹的瞎话说多了,娘总是不相信爹的话。清早,刚睁开眼睛,爹就对娘说,小三子亲了俺。娘根本不相信。孩子长大了,和爹娘有了天大的隔阂,不嫌弃爹娘就不错,还会亲你的老脸?

娘狐疑地问,你又梦见小三子了?老东西,又说瞎话。

爹急赤白脸地说,是真的,不是做梦。谁说瞎话谁是地上爬的。

爹娘疼爱断肠儿。小三子兄弟三人,小三子最小。小时候,小三子经常钻在爹娘的怀里,搂着爹娘的脖子,小鸡叨米似的在爹娘脸上啄。爹娘下田回来,被小三子啄几口,心里甜丝丝的,浑身的疲劳就烟消云散了。小三子长大以后,就再也没有亲过二老了。但是,爹娘都没有忘记小三子鲜嫩如花的小嘴啄在脸上那种麻酥酥的感觉。自从小三子离开家乡，娘总做小三子亲她的梦，到底做过多少次，她自己都记不清。爹梦见这样的场面比娘少得多，所以每梦见一次，都稀罕得不得了，一睁开眼睛，就兴致勃勃地讲给娘听。有时候，娘都梦见小三子好几次了，爹还一次没梦见呢，爹就编瞎话给娘听。娘每一次听了都直撇嘴。

娘撇着嘴说，你是少见多怪，俺早被小三子亲腻了。娘满脸不屑的表情，其实，她心里酸酸的。毕竟，老头子梦见小三子亲他的这个晚上，她的梦连小三子的边儿都没挨上。

爹没好气地说，谁和你比做梦了？俺是说前天进城，小三子亲俺了。

娘惊异地瞪大了眼睛，嚷道，真的？你昨天回来的时候，咋不说？

你让俺说了吗？俺一进家门，你的问题一个接一个。小三子瘦了吗？小三子胖了吗？小三子白了吗？小三子黑了吗？俺嗓子干得冒烟，连喝水的工夫都没有。你都不能问问俺，渴不渴？饿不饿？累不累？

老东西，你现在不渴不饿又不累，快给俺说说，小三子咋就亲了你？

小三子大学毕业以后，没有找到接收单位，在城市流浪。转眼间，秋风吹黄了黄泥湾所有的山头，还没有小三子就业的消息。小三子吃什么？小三子穿什么？小三子住在哪里？这一切，都是拧在爹娘心头的死结，怎么都解不开的沉甸甸的疙瘩。娘织了毛衣毛裤，爹卖了一千斤稻谷。爹背着包袱，揣着钱，进城去看小三子。见到爹的一刹那，小三子欢叫着跑过来，抱了抱爹。

老东西，小三子不是没亲你吗？娘斜了爹一眼。

你能不能别插嘴，让俺把话说完？爹瞪了娘一眼。

爹在城里小三子租赁的房子里住了一夜。第二天早晨，小三子送爹回家，临出门的时候，小三子突然抱住爹的脑袋，在爹的腮帮上叭地亲了一口。爹猝不及防，愣了，小三子也愣了。小三子松开爹的脑袋，愣愣地看爹。看着看着，小三子的眼泪流出来了，越流越欢，像家乡门前潺潺的小溪。小三子流着泪，缓缓捧起爹的脸，在左脸上亲了亲，又在右脸上亲了亲。最后，小三子紧紧抱着爹，趴在爹的怀里放声大哭起来。

小三子的泪滴进了俺嘴里，爹咂咂嘴，回味着说，咸津津的。

娘的泪水像门前的小溪汛期来临，哗地流了出来。娘哽咽着，喃喃地念叨，小三子，俺可怜的小三子……

不到半天时间，老朱家的小三子亲他爹老脸的故事就传遍了整个村庄。老朱家一家三口成了村人的笑柄。人们说着笑着，笑歪了嘴，笑痛了肚皮。

自古以来，都是大人和不懂事的孩子互相亲亲，何曾见过黄泥湾哪个人高马大的小伙子亲爹亲娘的？这个小三子，没羞没臊的，肯定是在城市待久了，流氓电影看多了，学坏了。学坏了不要紧，你去找个姑娘亲呀，你爹的老脸糙得像树皮，亲着有啥意思？还有小三子的爹，也越活越没出息了，这种事儿还拿出来说说。小三子的娘最好笑，这是多么光彩的事儿吗，值得她大喇叭似的到处宣扬？

秋去冬来，小三子回家过年。春节那几天，时光飞逝，小三子很快又要离家。小三子临走的时候，爹娘把他送到村口。邻居簇拥着他的爹娘，一起为他送行。人们都想瞧瞧小三子亲爹亲娘的西洋景儿。可是，小三子挥手再见了，放开脚步走了，也没有亲亲爹娘。

突然，人群里响起一个银铃般的声音，三子兄弟，不亲亲你爹你娘再走？

小三子停下了脚步，慢慢转过身来。

爹郑重地说，是呀，你娘等了这么多天呢。

小三子脸红了，笑了一下，扔掉行李，大步流星地向爹娘奔过来。他弯下高大的身躯，半跪在娘的面前，紧紧抱着娘佝偻的腰身……围观的人们早就预备了响亮充足的笑声，准备开怀大笑，可是，没有一个人笑得出来了。几个大婶还摸出皱巴巴的手帕，擦拭着眼角悄然涌出的泪花。

摔老盆

江　岸

人吃五谷杂粮，岂能长生不老？死人的事情总是要发生的。

往常，只要死了人，黄泥湾总是天空低垂，空气沉闷。死亡似一双无形的大手，拼命揉搓着所有人的神经，压抑着所有人的情绪。听着死者亲属撕心裂肺的号哭，你不由得黯然神伤，如果和你八竿子打不着，你可以不哭，但绝对不能笑，该笑也不能笑。万一被人听到，不说你幸灾乐祸，起码也可以送你一顶没心没肺的帽子。

可是，赵五爷走的那几天，天空苍蓝高远，微风不停地吹，就像一匹快活的小兽在村庄里四处游荡。村人该说的说，该笑的笑，该闹的闹，好像赵五爷死了这件事儿根本没有发生过，集体忘记了忧伤和悲痛。

赵五爷仿佛一株历经无数风霜的高粱，早就熟透了，也该颗粒归仓了，却一直站在收获过的田野里，静静地增添着新的生命年轮。这年秋天，头一天大家还看见赵五爷气定神闲地拄着拐杖，站在村口，笑眯眯地和忙碌着的人们打招呼，第二天却没有见到他的身影。有人去看他的时候，却发现他躺在床上，已经没气了。

当然，赵五爷年近九旬，就是死了，也是喜丧；赵五爷没病没灾的，死在自己床上，这样的死法令多少人羡慕啊。

即使这样，也不是没有忧伤没有悲痛的理由。

刘得龙的娘奔赴瑶池的时候九十二岁高龄，张显忠的爹驾鹤西去的时候也满了八十六周岁，他们都安静地死在床上，后人们不照样哭得肝肠寸断死去活来？

其实，在举办丧事的场合，痛哭是一种仪式，更是一种排场。

赵五爷招谁惹谁了？怎么死了大家都不肯悲伤一下呢？

原来，赵五爷一生没有娶妻生子，光棍一根过了一辈子。没有至亲骨肉带动悲凉的气氛，两姓旁人更不会酝酿哀伤了。

就这样，赵五爷死亡的事儿对整个村庄没有造成任何不快的影响。

村里人终究古道热肠，还是会尽自己的绵薄之力。灵堂就搭在老光棍院子里，老光棍也被放进自己早就备下的棺材里，老盆摆在灵堂门口，不时有人过来祭奠，在老盆里烧几张纸。如果有人再哭几声，就与平时的丧事没什么差别。

在老村长的心里，哭不哭已经不再重要，关键是早晨出殡，谁来当孝子摔老盆？

在黄泥湾，摔老盆可不是一件小事。只有长子才享有这个权利，代表他在家族的地位和身份，更意味着遗产可能的归宿。

赵五爷没有后人，没有侄子外甥，甚至连干儿子都没有一个。如果给他做一份人事档案，主要社会关系一栏可以直接填一个字：无。这样的档案恐怕没有任何人会相信的。

如果老光棍有可观的遗产，随便从年轻人里面拉一个人充充孝子，一点儿问题都没有。但是，这个老光棍不留后路，能吃的吃了，能喝的喝了，吃干用尽，只留下一所残垣断壁的破院子，几间东倒西歪的泥巴墙茅草房，一口快透底的锅，两个豁边的碗。

这样的家当，谁也不稀罕！

老村长一个一个地劝,让谁干谁都不干。有个小子反问他,你怎么不让你儿子给赵五爷当孝子呢?

放你娘的屁,老子还没死呢。老村长骂娘了。

那我爹也还健在呢。那小子顶他。

顶得老村长哑口无言。

日头已经挑起一竹竿高了,出殡的时间到了,但是孝子还没有着落。老村长急得直搓手,在赵五爷的破院子里团团转。

妈的,真让我这个老家伙替那个老家伙摔老盆不成?老村长愤愤地骂。

一村人都肆无忌惮地笑起来。

大伯,我可以给赵爷爷摔老盆吗?人群后面突然传来一个柔弱的怯怯的声音。

大家齐刷刷地回头去看——

老吕家在乡高中读书的吕四毛,不知什么时候回村了,静静地站在人群后面。

老村长从人群里走出来,摸着他的脑袋问,你怎么想……

吕四毛哭了,无声饮泣。他说,去年我爹没钱给我交资料费,我找赵爷爷借的,还他的时候,差五毛钱,再还的时候,他死活不要了。我欠赵爷爷的情,他死了,我没机会了,必须现在报答。

老村长眼角湿了,又摸摸他的脑袋说,好孩子……

赵五爷顺利安葬了。老村长领着几个人清理遗物的时候,在老光棍床席下面意外地发现了八块银元,不知是他忘记了,还是专门留下来馈赠"孝子"的。第二年,吕四毛考上了大学,老村长托人把银元卖了个好价钱,给他做了学费。

村里年轻人都羡慕吕四毛运气好,举手之劳就有丰厚回报,怨自己命薄。又叹:人长两条腿,钱长四条腿,人撵钱,撵不上,钱撵人,跑不脱。

大 客 气

相裕亭

大客气，即乡间趣话——假客气。

乡下人，邪门得很，好端端的一件事儿，往往当成坏事情来讲；而坏的事情，或是看待行为不轨的人，非要找一个意思相反的绰号来褒贬他。比如：周二坏，胡三孬，并非他们既坏又孬，或许个个都是顶呱呱、响当当的好人；相反，周大明白、刘自能，那就差味了，附有那样绰号的人，你去打听吧，保准个个都是糊涂虫、傻瓜蛋。大客气，属于后者，说的是村西剃头的仲大嘴和十字街口开药铺的闫掌柜。

这两个人，都算是小村名人，尤其是仲大嘴，石头都能被他说得蹦起来！他与那个脸白白、手白白的药铺闫掌柜相识相交，与他们各自所从事的职业有关。

追根溯源，最初是仲大嘴去闫家药铺里拿药少收了钱,还是闫掌柜去仲大嘴那里剃头没收费,只因年头久远,无法考究了。但有一点,闫家药铺里的人来找仲大嘴剃头,哪怕是个三岁的孩子,仲大嘴也要以宾客相待。尤其是闫掌柜来了,他可是个爱干净、讲卫生的小老头哟,仲大嘴要专门为他把椅座椅背掸了再掸,肥皂、围脖的毛巾,一概换新的,临走时,分文不收不说,还要敬烟、捧火,赶上饭时,硬留下喝两盅。倘若闫掌柜身边还带着个缠膝的小孩子,仲大嘴一边剃着头,一边要吩咐屋里婆娘,赶快给小乖乖包块煎饼,或是煮只热鸡蛋放在手里。

反过来,闫家药铺那边对待仲大嘴一家,更是体贴入微,服务到家,好得没有边了。春秋两季,伤风感冒流行时,不待仲大嘴家上门问药,闫家药铺那边,早打发人把预防的上等药物给送来了。这期间,一旦是仲大嘴家真有人患个头痛脑热的,那好啦,闫掌柜要亲自上门问诊。所用的药物,小村里的人只怕连见都没见过,全是内堂里打好纸包,从后门拎去的。

仲大嘴每隔五天,要去集上支一回剃头摊子,赶上生意好,傍晚往家走时,不是带半斤羊杂碎,就是用粗纸包来一块黄乎乎的牛筋头。回到家,剃头挑子尚未落肩,便吆喝孩子去把闫掌柜请来弄两盅。

闫掌柜自然也是明白人,每次来都不空手,不是带把糖块给小孩子,就是揣瓶老酒放在怀里,即使那样,也不多喝,他药铺里随时都有事情,或许两三盅老酒刚下肚,闫掌柜猛然想起一件紧急的事,一拍大腿,非回去不行啦,遂喝了跟前的那杯酒,再拉再扯,走了。过两天,闫掌柜那边,不知从何处弄来什么稀罕物,派人来把仲大嘴请去。仲大嘴呢,也不久坐,喝两盅,诌个理由中途离场了。要么,临出门时,跟家里人约定什么时辰去叫他回来。总之,乡里乡亲,非亲非故,礼尚往来,就那么回事罢了。

这一年夏天,仲大嘴家的小闺女订亲,中午喝了。晚上,仲大嘴硬把闫掌柜留下,两人对饮。

刚开始,他们坐在当院的月亮地里,边喝酒,边乘凉,喝着玩儿一样,不知不觉两人话多、酒高,夜深了。等到闫掌柜摇摇晃晃地起身要回家时,仲大嘴先是扯住他的手,不让走,后来看闫掌柜真要走,就起身送他,原本送至院门口或送上小街就可以了,可送着送着,竟然送到闫家药铺,握手道别时,闫掌柜一看前面就是自己的家，哪肯松手，硬扯住仲大嘴到他家坐坐。

这一坐，话扯长了，两个人先烟后茶，等到闫掌柜摆上几碟小菜，两人又喝上了。

回头，仲大嘴要回家，闫掌柜自然也要起身送他，先巷口，后小街，送着送着，又送回仲大嘴家了。再想回去，不行！刚才剩下的酒菜还摆在那儿，再接着喝点儿。

那一夜，两个人送来送去，喝去喝来，后来谁也不想失了礼节，相互间握手走上小街，干脆谁也不送谁了，找一处通风凉爽处，话至天明，才依依不舍地各自回家。

这件事，在小村里很快传为一段佳话。可接下来所发生的一切，有点离谱！仲大嘴和闫掌柜很长一段时间不在一起喝酒了。好几回，仲大嘴从集市上带来下酒菜，都没叫他闫掌柜；闫掌柜也是如此，一个人在家自斟自饮，也不请他仲大嘴了。随后，闫家药铺里的人剃头不到仲大嘴家去了。仲大嘴呢，更绝！大人、小孩子生病，宁肯雇车子、备驴，到外村去瞧，也不到闫家药铺去问病拿药。两家人莫名其妙地恼了！

石 竹 花

高 军

她伸出手去,拉过一枝石竹花来,嗅了嗅,就闻到一股淡淡的清香。一放手,那纤细的枝叶又弹了回去。这一片石竹花那红艳艳的花瓣,在轻风的吹拂下,就像一只只漂亮的蝴蝶在翩翩起舞。她忍不住又伸出手去,把几枝石竹花揽了过来。她仔细地看着每朵上那五片花瓣,感到这花漂亮极了。

她用大拇指和食指捏住一枝鲜艳的红花,细心地掐下一朵来,把头向右肩一偏,光洁的笑容就浮上了面颊,纤细的汗毛在阳光的照射下挂满了温柔,她的左手拿着这朵石竹花向右鬓角插着。她的手一下子落在了右肩上。花,没有插住。她才像猛然想起什么似的,轻轻地叹出一口气,把花朵放在了衣襟上。

"我要,我要。"这时,从她身后的山洞里跑出一个小男孩来。

她拿起那朵石竹花，又举在鼻下闻了闻，然后递给小男孩："振振，赶快回到洞里去。"

她叫萧萧，是沂蒙山区本地人。此前她是一名参加革命三年的战士，是1941年的日本鬼子"大扫荡"让她放下了武器。这次"大扫荡"开始时，上级决定让她带着首长的孩子回她的村庄躲避起来，以保护好革命的后代。上级说，不能带着个孩子与敌人周旋，就只能如此。

当时，她颇感踌躇。家中父母早已去世，哥嫂自己过日子。一个十八岁的姑娘家，突然领着一个孩子回去，让她怎么向乡邻们解释？哥嫂处又怎么交代？再说，这也太容易引起注意，惹来麻烦，一旦出了纰漏，怎么回来交差？于是她鼓起勇气，向上级陈述了自己的理由，上级也感到有道理。这时首长说："不行的话，先送到老乡家里养着吧。"首长的几个孩子已分别送到老乡家，有的还因病夭折了，怎能再把这个送去！她说："孩子还是我带，但是不回俺家那个村庄，我领他到东乡去，出去十几里地就没人认识我了，反'扫荡'结束，我就把孩子领回来。"

由于战事紧迫，就这样决定了。她换上破破烂烂的农家衣服，把头发铰了去，并往脸上抹上几把灰，领上孩子就上路了。

后来，她来到了一个叫九道沟的村子，找到抗属尹大娘家住下。这里还比较安静，她和孩子过了几天安稳日子。但不久，日本鬼子的"大扫荡"就波及了这个村子。她只好领着孩子跑到北山上一个山洞里躲了起来，等着尹大娘抽空给送点吃的来。这样蹲山洞的日子，她和孩子已过了好几天了。

这时远处传来枪炮声，她知道是日本鬼子又来了。她看振振已走进山洞，就又转头盯着山下，密切注视着情况的变化。突然她发现远处有一队人向这边走来，看那架势就是日军。这几天躲在这个比较宽敞的山洞里，她并没有忘记随时可能出现的危险，已想了一些应付的办法。前天她已经在上边的一个石劈缝里发现了一个小洞，洞口长满了山酸枣棵子，葛针特别密，遮蔽得很严实。现在，她当机立断，快速地回到洞内，拉着振振，带上还剩的一点饭和水，来到那个石劈缝前。她顾不了许多了，用细嫩的双手抓住山酸枣棵子，把它们拉向一边使洞口露出来，先让振振钻进去，她才慢慢侧转身子，自己也钻入这个小石洞内。她的双手已被扎得又麻又疼，一粒粒通红的血珠汪在手上，她嘴里吸溜着，双手乱甩着，一停下来，手上又形成了一道道细细的血痕。

尹大娘第二天还没有来送饭，萧萧走出去时看到原来的那个山洞里一片狼藉，日军果真搜查了那个山洞。山下的村庄里到处冒烟，还时常传来零星的枪声。振振一直在嚷饿，她正愁呢。突然，那片石竹花又映入了她的眼帘。她跑过去，用手摘起花和叶来，摘满一兜就用衣襟兜着回到洞里。

"振振，想爸爸和妈妈不？"

"想！"孩子的眼里一下子蓄满泪水，点点头。

"为了使自己有劲回去找爸爸妈妈，就得吃东西。这花和叶都很好吃，咱们要使劲吃它一顿。看，就像我这样吃。"说着，她往自己嘴里塞进去一把，香甜地咀嚼着，吞咽着。

振振跟着吃起来："不，不好吃。"

"不好吃也得吃啊，吃吧。"

就这样，她领着孩子在山洞里吃了三天石竹花和叶，第四天终于等来了送饭的尹大娘。这几天，尹大娘也被围在了村里，日本鬼子一走，她就赶紧上了山。

二十多天后，日本鬼子"大扫荡"结束，她才领着振振又回到了部队。

她交还孩子，换上衣服，洗洗头，把右鬓角用卡子卡起来，就跑到了野外。来到有石竹花的地方，她惊喜地看到，它们还在热烈地开放着。她立即掐下一朵来，把它慢慢插到了右鬓角的卡子上……

你不是乡长

高　军

西北风呼呼地刮着，天阴沉沉的，不时地飘下几个雪粒。大地变得更干净了，干净得让人脚下轻飘飘的。衣服穿得很厚，人却有一种变薄了的感觉。天冷得让人胳膊都短了，手怎么也伸不出来。

孟老汉正在黄瓜大棚里圪蹴着，怎么也不想站起来。棚内倒比外面气温高得多，但他胳膊挎在腰间，手仍笼在袄袖里，鼻子往上一spacing皱一皱的。瞅着这棚里就是不长的黄瓜，他的眉宇间卧上了一个大大的疙瘩。过了季节，黄瓜就卖不上好价钱了。

“棚里有人吗?”

塑料大棚门外，影影绰绰地立着一个人，隔着塑料薄膜看不清到底是谁。

孟老汉懒懒地走过去，打开门，瞅了几眼，不认识：

"咋,干啥呢?"

那人双手抱在嘴上,哈着气儿,身边倒着一辆自行车。看到孟老汉,一头就拱进了大棚里,身后裹挟进一股凉气儿。架子上的黄瓜秧都颤了几颤,好似又缩了一大截儿。

孟老汉本没好心情,看到这人硬钻了进来,脸面就厚上了一层怒气:"你这人,要咋的!随便抬脚就进人家的棚!"

那人把手从嘴上挪开一只,往脑后摸了摸:"您老说的对,是有点冒犯了。"

孟老汉横了他一眼,看得仔细了。年纪不大,三十多岁。从脸面上看,很和善的一个小伙子。

"我是乡里来的。天不好,下来转转。"小伙子挺平静的,好像没看出老汉不高兴。

"乡里的?乡里干啥的?"

"乡政府的,"看看孟老汉那突然瞪亮的眼睛,他又轻声说道,"一个小乡长吧。"

孟老汉想,这样的天气不在乡里好好待着,下来干什么?肯定是酒虫子爬出来了,到村里蹭酒喝的。唉,还小乡长吧,乡长有你这样的?你说说,乡长也不好好管管他的人,弄些瞎参谋、滥干事的,整天下来找酒喝,还冒充乡长。想到这里,就又寒着脸,向外指了指,下了逐客令:"转转,那就转去呗。"

来人好像没听见,这里瞅瞅,那里瞧瞧,转头对孟老汉说:"大爷,你这黄瓜侍弄得不怎么好啊。再这样下去,错过季节,就卖不上好价啦。"

被说到痛处,孟老汉嘴上没吭声,心里说,这谁不明白?还用你在这里胡咧咧?

那人又指指黄瓜架,并顺手抹个杈去:"第一年种棚吧?得加强管理啊。棚内气温太低,长得慢,添几个炉子吧,增增温。再就是肥也没跟上,肥力不足,得追遍肥了。你看这叶子上也要出斑点了,打点杀菌的药,就下去啦。"

听他说的在理,孟老汉心里亮堂了。行啊,这小伙子还是高人哪。脸上就露出了笑意:"你说的,中听。快坐下,咱拉呱拉呱。"

两人越说越近乎,对话中就笑声不断了。

过了一会儿，孟老汉又停住了，心里发了岔，这小伙子什么都好，就是冒充乡长不好。乡长俺又不是没见过，前一阵子还来过，不知陪着哪儿的人，从小车里钻出来，蛮风光的："老大爷，今年收成好吧？"当时我心里说收成怎样，你不很清楚吗？今年大旱，能不减产？正想着，乡长又说："不要小农经济嘛，要增加收入，要调整种植结构啊。要多种黄烟，搞成乡里的支柱产业。"俺思谋着，还种黄烟，重茬太多年了，种上就死，乡长不知道呀！

"大爷，你怎么不说了？"来人的话，使他的脑子又转了回来。

"嗨嗨，"他笑笑，"你要真是乡长就好啦。"

来人有些奇怪："怎么？"

"乡长可为老百姓办好事啊。"接着，他又显出一副见过世面的样子，"乡长哪有自己骑着车，到老百姓家的！乡长得开着小车，一来就钻到村里的干部家里。只有更大的官在场的时候，才摆摆样子，和俺们这些小百姓打个招呼。"

来人心里一哆嗦，感到有点疼，他下意识地抚抚胸口，眼里一片茫然，缓缓地说："我真是乡长。"

孟老汉还处在兴奋中，手都舞扎起来："俺敢打赌，你保准不是乡长。"

看他不说话，孟老汉又说："晌午了，跟我回家去。俺弄个小菜，咱俩喝上一小气儿酒，暖和暖和去。"

来人看看时候不短了，遂起身告辞，走到棚外，扶起自行车，转过头："我真是乡长。"

雪下大了，一片片在空中飞舞。

孟老汉冲他的背影嘟囔道："你哄谁啊！俺知道，你保准不是乡长！"

叛　徒

胡　炎

栓子去找村主任老满。

老满刚喝了点酒，脸红得像猴腚。栓子瞧着他，鼓了鼓勇气，赔笑说："老满叔，我想……"

老满拿火柴棍剔着牙，不时噗地吐出块青菜屑，说："鳖羔子，有话就说嘛。"

栓子又鼓了鼓勇气，这才把来意讲了。前日，他去城里卖菜，突然来了阵雨，他就躲进一家商场。商场的电视开着，栓子走近去看，上面正在播几样特殊药材的种植技术，栓子就一下动了心……栓子说："老满叔，我想去省城学技术，求你帮我筹借点资金，等将来挣了钱，就加倍还上。"

老满扑哧一声笑了，火柴棍也喷到了地上。老满说："就你？做你娘的春秋大梦。鳖羔子，先撒泡尿照照自己,小鸡娃还想充大老鹰哩。”

栓子脸白了,咽了口唾沫。栓子爹娘死得早,小学没上完就在爹娘留下的一块薄地里滚日月,整个人滚得又黑又瘦,哪儿也看不出个出息来。可栓子不甘心,栓子说:“老满叔,我会用心的。等我学会了,就教大伙儿一块儿种。”

老满收起笑,有点不耐烦了,说:“去去去,把你的地侍弄好就不错了,发啥癔症哩!”

栓子低了头,悻悻地往回走。他还是心有不甘,就东家西家挨着串,筹多少算多少。可村人明白了他借钱的目的后,都是一脸嘲笑,抢白他说:“发烧了?咋大白天说胡话哩!”栓子彻底绝望,回到家,在屋里闷坐了半天,就憋出一口气来:我偏要混出个样儿来给你们瞧瞧!这么想着,便打了个包裹,直奔山外去了。

栓子打了三年工,脏活、累活、险活、苦活,他干了个遍。三年后,他揣着自己的血汗钱进了省城。

栓子回到村里的时候,是一个初夏的傍晚,他家也不回,就去了老满家。

栓子递上两瓶酒,说:“老满叔,我想包几亩山地。”

老满接过酒,前后左右仔细看了会儿,说:“省城买的?”栓子说:“省城人都爱喝这个。”老满笑了:“刚才你说啥?想包几亩山地?嗨,这算个啥事啊,只要是没人种的地,你随便弄。你叔把话撂这儿,弄多少都算你的。”

栓子道了谢,一阵风似的刮回了家。当晚,栓子就背着被子上山了。

一连多日,栓子都在兔子不拉屎的山坡上折腾,时不时地,还有老满和村人站在远处看他折腾。老满背着手,嘴里吐着酒气,说:“嘿,这鳖羔子是撞上山鬼了,咱就等着看热闹吧。”

谁也没想到,八个月后,这里真的热闹了。栓子的地里长满了药材,绿的绿红的红,白的白紫的紫,像大片大片的霞,把个老山坡染得鲜亮光艳起来。霞光中,蹲着栓子的窝棚,自打药材入土后,栓子就以此为家了。

老满眯起眼,说:“算了吧,不就是些花花草草吗?我就不信,它还真能变成摇钱树不成?”

话音还在山坡上飘,摇钱树真就开始摇钱了。药材收购商们像从地里冒出来似的,红灿灿的票子钻进了栓子的口袋……

这天一早,老满和一干村人来到了栓子的窝棚。老满拱着手,脸上堆满笑,冲栓子说:“栓娃子,恭喜恭喜,现如今你可是咱村的大财神哩。话说回来,你就忍心自个儿吃肉大伙儿喝凉水?我看这么着,你这药材的收益呢,村里提一半。再有呢,你给老少爷儿们都分些药材种,教大伙儿种植,共同致富嘛。”

栓子猛一阵咳,咳得脖筋跳老高。栓子说:“老满叔,这地是你答应无偿给我的,咋说提一半就提一半?再说了,这药材种都是有本钱的,我还欠着银行贷款哩。老少爷儿们想种,总得把本钱给我吧?至于技术,我就免费教大伙儿了。”

老满把脸绷紧了,说:“这人一有钱,说话就变味了。大伙儿说说,这地是谁的?”

“村里的!”

“好,从现在起,村里把这地收回了。鳖羔子,你马上把你的窝棚搬出去,不能占了村里的地!”老满说。

栓子咬着牙,火蹿上来,说:“我不搬!”

老满冲大伙儿一挥手:“拆!”

于是,村人一哄而上,栓子的窝棚顷刻间塌了架……

栓子一屁股坐在地上。

栓子大病了一场。

村人们忙着分栓子的药材,在自己的地面上“折腾”起来,老满更是“折腾”得不亦乐乎。直到有一天,有人发现栓子已经人去屋空。

很快,人们知道了,栓子让邻村“挖”走了,给房给地,还当了药材种植场的场长。

“叛徒!”老满说。村人也说。

日子晃晃悠悠地过,老满和村人都在做着发财梦,这地里可都是摇钱树哪。这天,何老七慌慌张张找到老满,说:“地里的药材都烂根了!”老满跑脱了一只鞋子,来到地里查看,可不嘛,药材都打蔫了。老满搓着手:“这可咋整哩?”

何老七说:“请栓子。”

老满咧着嘴,往大腿上使劲拍了一巴掌:“嗐!请!”

当下,何老七就和几个村人去请栓子。半路上,正碰上栓子往这边走。何老七看到了救星，奔上去拉住栓子的手，说："栓娃子，你可得救救老少爷儿们呀！"

栓子叹了口气，说："七叔，老少爷儿们的事，我还就是放心不下。昨天晚上我已经去地里看过了，得赶紧治。我现在就是回村呢。"

何老七眼窝湿了："栓娃子，爷儿们对不住你。"

栓子咬咬嘴唇，说："不说了，怎么说这片土地都养了我二十年，我不能忘根。"

栓子回到村里，大伙儿众星捧月般围着他，老满一直讨好地笑。栓子指导了一番，又教大伙儿配了农药，时间就到了中午。老满说："栓娃子，酒菜都备好了，在何老七家，今儿满叔要亲自给你赔罪。"

老满和何老七一人抓着栓子一只胳膊，把他拉到了酒桌上。酒是好酒，菜是好菜。栓子被按到主位上，正要开席，老满忽然抽起了冷气，忍了忍，还是没忍住，说："对不住了栓娃子，老叔我牙疼得要命，就不陪你了，你别客气，喝好吃好……"说着，便起身离去。

何老七追出去，说："主任，你这是念的哪门子经呀？"

老满捂着腮帮子，说："你以为我是装的呀？狗日的，这牙咋说疼就疼起来了呢？"

何老七摇摇头，回到席上。大伙儿你一碗我一碗，争着敬栓子。栓子就一碗接一碗地喝，大伙儿说的话，他全记不清了，只记住了一个"家"字。这儿是他的家，生活了二十年的家，是啊，他回家了……

这天，栓子大醉。大醉了的栓子，哭得一塌糊涂……

废墟上的蝴蝶

刘靖安

蝴蝶村有一片废墟。

废墟在村东头。早些年,那儿有间生产队的土墙房,一个平整的土晒坝。紧邻晒坝的,是个坟场。密密的坟墓,藏在比人还高的杂草里。土地分配到户那阵儿,土墙房原本要卖,但没人买,都说单家独户,住着害怕。于是,房子没人管了,塌了,成了废墟。坟上的杂草,肆无忌惮地蔓延、疯长。

蝴蝶村,有很多蝴蝶。原来的蝴蝶,集中在坟场上。现在,蝴蝶翩飞的范围大了,也更多了,像一片斑斓的云。

蝴蝶村因了蝴蝶远近闻名。

这天,是清明节。老五提着一个竹篮,走进了坟场。中午,热闹的坟场静了下来。老五走得很慢。地上,绿绿的杂草,没过了他的小腿肚。老五走到一个土堆前,停下脚步，放下竹篮，坐在地上。老五抬起了头。天空，太阳西斜了一些，暖暖的，醉人。阳光下，成群结队的蝴蝶飞舞着。蝴蝶！蝴蝶！老五坐在地上念叨着。慢慢地，他从篮里拿出一叠纸、几炷香、一瓶酒、一碗猪头肉，摆在土堆前。

坟场里，又飘起了一缕青烟。

老五不知坐了多久，等他起身回家时，天色已经暗了。老五走出坟场，回头一看，就看见了一只蝴蝶。蝴蝶跟在他身后，翩翩起舞。老五一动不动，呆呆地看，许是蝴蝶飞累了，竟然歇在了他的肩上。蝴蝶，跟我回家吧。老五叹了口气，挪动了脚步。说来也怪，那只蝴蝶听了老五的话，扇动翅膀，飞起来，跟着老五，飞进了他的家。

天黑后，村里看稀奇的人来了。灯光下，一只蝴蝶，在人们跟前飞来飞去，不时引起一片惊呼。

老五成天待在家，守着这只蝴蝶，嘀咕一些谁也听不懂的话。

这天，村里来了两个穿着光鲜的男人。他们找到老五，说他们是省城搞生物研究的，这次来是想看看他的蝴蝶。老五很惊讶，问他们怎么知道。其中一个说，小松这个人你知道吧？老五说，一个村的，知道。那人说，他在省城打工，是他告诉我们的。老五给二人让了座，一只手在桌子上轻轻一拍，桌上的蝴蝶就飞了起来。看到蝴蝶，二人的目光就直了，连连惊叹，绝品，绝品啊！

开个价，卖给我们吧！一个人说。

卖？不卖！老五断然拒绝。

你说，多少钱？老五的儿子一脚跨进屋，连忙问。

五百块！另一个人伸出巴掌，在老五面前晃。

给我一座金山也不卖。老五怒视着儿子。

你们走吧。老五把二人推出门。

二人悻悻地转到废墟边，早给人拦住了。大家不让他们往前再走，说要捉蝴蝶，只能在外面。二人站在远处，看了看，说，我们不进去了，那些蝴蝶没老五家的好。说完，他们回到老五家。老五看到他们就骂，骂得他们不敢再去了。

二人咬了一阵耳朵，找到了老五的儿子。

第二天，老五的蝴蝶不见了。老五急忙跑到儿子家，问是不是他卖了。儿子满不在乎地说，是我卖的，一只蝴蝶嘛。儿子掏出一叠百元钞票，哗啦一抖，又说，七百块哩。老五一把抢过钱，扔在地上，踏上一只脚，流着泪说，不行，我得找他们去。

天不亮他们就走了。就算找到他们，也早做成标本了。儿子边说，边拾起了钱。

老五不懂啥叫标本，他哭骂着朝镇子上去了。

听说老五的蝴蝶能卖钱，卖大价钱，村里沸腾了。他们拥进了坟场。

老五回来了。他到了镇上，身上没一分钱，怎么到省城呢？老五只能回来了。回来的老五，啥也不说，自顾自进了坟场。

老五坐在那个土堆前，无声地哭着。

村里人都知道，老五的女人叫蝴蝶。蝴蝶人漂亮，爱唱戏。老五的儿子还没断奶的时候，她跟一个到村里唱戏的男人跑了。几年之后，戏班又来到村里，老五没见那个男人，也没见蝴蝶，一打听，才知道蝴蝶想回家，男人不让，有一次逃跑给男人抓回去打死了。于是，老五就垒了个土堆，做了蝴蝶的坟。

坟场里，一只蝴蝶也没有了。老五孤零零的，身子打着战，像一片寒风中的树叶。

远处，传来一片笑声。

那是男人的笑声。男人们约着上省城去了。他们手里都提有一个竹笼。竹笼里，全是一团一团斑斓的蝴蝶。

报 答

刘立勤

胡而立局长听说余老师进城来打工的消息后，他立即通知秘书安排了一下，决定把他的老师好好地招待一番，以感谢余老师对他如山的情意。

胡而立十岁的时候，父亲死了，家里穷得掏不出学费上学。他游手好闲地满村子晃悠，谁见了他都烦，他见了谁也烦。烦到最后，他就开始干坏事。起初是偷别人的蔬菜瓜果，后来就偷鸡摸狗，直到有一天被送进了派出所。他只有十岁，派出所拿他也没有别的办法，只好通知学校去领人。他没上学，学校完全可以不管，可学校新来的余老师还是去把他领回了学校。

领回了学校，他就算是入了学，成了学校的一名正式学生。余老师不仅给他缴了学费，而且为他购买了学习用品，课余饭后还为他补习功课。胡而立很乖觉，知道自己的学习机会来之不易,他就用双倍的努力来回报余老师。他也很聪明,仅用了三年的时间就完成了小学六年的功课,第四年就以优异的成绩考上了乡里的初中。

考上了初中,家里还是没有钱。他虽然想上学,但再也不好意思再去找余老师了,就流着泪把通知书烧了。他知道,像他一样年纪的孩子也应该为家里做一点什么了。可是,开学的时候到了,余老师又找到他,要他继续去上学。余老师说他极有灵气,将来一定会念出点名堂。至于学费嘛,共同想办法。

就这样,他又进了中学。他知道像他这样的孩子早就上不了学了,要不是余老师,他根本就没有上学的机会。他知道,余老师不仅支持他上学,还帮助别人。因此,他在学校努力地学习,放学了就上山砍柴挖药,尽量减轻余老师的负担。可是,课余的时间不是很多,他的能力也不大,挣来的钱也解不了饥荒,更多的时候还得靠余老师的资助。他知道自己现在没有能力报答余老师,他就加倍努力地学习,用自己优异的成绩来回报余老师的恩情。

那时的他确实努力,不仅年年是第一,还以全乡第一的成绩考上了高中,更以全县第一的成绩考上了大学。他虽然是那个小山村考上的唯一一个大学生,但是面对那一大笔学费,却没有一个人愿意帮他。为了筹集学费,他跑了许多的路,也受尽了屈辱。就在他要绝望的时候,又是余老师把准备结婚的钱借给他做了学费。当他拿着那笔钱告别余老师的时候,他什么也没有说,他唯有毕业后好好报答余老师了。

可是,待到他大学毕业参加工作他要还账了,还没有开始还他又要结婚,结婚不久又有了孩子,孩子还没有上学又要买房子。事情一件接着一件,既没有能力,也没有机会。后来呢,经济上虽然宽松了,官场上又多了一些应酬,有心想请余老师到省城来转一转,余老师却拒绝了。有心想回去看看吧,他又担心惹来一些不必要的麻烦。再后来呢,官做大了,余老师的恩情虽然不曾忘却,可是那份情感却一日日地淡漠了。

没想到就在这时,余老师突然来到了省城。往事又潮水般涌起。他一辈子都不会忘记,如果没有余老师的帮助,就没有他胡而立的今天。因此,他亲自到余老师居住的地方,把余老师接到省城最好的酒店,他要用最高的标准来接待余老师,以报答余老师的恩情，他已经具备这个能力了。

他没有想到余老师是领着一帮十一二岁的学生来打工挣学费的，而且年年都来。见了那些孩子，他立即就想起自己的童年，心里就有了一种说不出的感觉，他就把那些孩子一起请到了酒店。在酒店里，他讲了自己苦难的童年，讲了余老师的帮助。为了那些孩子，他也不无骄傲地介绍了自己的现在。他希望那些孩子能够珍惜自己的机会，将来用自己的成功来报答余老师。

胡局长说到这里的时候，服务员端来了菜，也上好了酒。看着那满桌的美味佳肴，不仅是那些孩子，就连余老师的眼睛也直了。一个孩子擦了一把哈喇子，小声说，这些菜大概需要一百多元钱吧。胡局长轻轻一笑，说，一百元？一百元你连这个酒店的大门都进不了。再说了，我能用一百元的水平来报答我的老师吗？那个孩子胆怯地问，那需要多少钱？胡局长笑笑说，不多，不算酒水是一万二。那个孩子吐吐舌头，喃喃地说，那么多。胡局长骄傲地说，不多，我希望你将来长大了能用更高的标准来报答余老师。那孩子一笑，那肯定，等我将来当了官，我摆三万元的酒席报答余老师。

那孩子说罢就回过头去看余老师，余老师拍拍他的头，说，等你将来长大了，余老师不吃你的酒席。只要你能救助一个失学的孩子，就算是对老师最好的报答了。说罢，余老师头也不回地就走了。余老师走了，那些孩子也跟着余老师走了。

回　乡

刘立勤

王市长轻车简从回到小镇绝不是没有衣锦还乡的意思,而是想把这种意思表现得含蓄一点,以免留下一些话柄,不然日理万机的他,就没有回小镇的必要了。

王市长童年的时候曾在小镇住过两年,那时候他只有七八岁,也不是市长,而是和黑蛋、狗蛋相差无几的铁蛋。父亲被打成“走资派”后,母亲戴着一顶“右派”帽子和他来到小镇。因为母亲有满肚子的好文墨,“右派”就成了学校的老师,成了老师的母亲不仅没有受到小镇人的歧视,反而还受到小镇人的尊敬,就连他也颇受人们的喜爱,但那些日子在他心里仍然是一个创伤。他常说,没有在小镇所受的屈辱,就没有今天的成绩和地位;没有在小镇受到的歧视,也没有今天这个市长。想象之中小镇给予他的屈辱和歧视成了他前进的动力,小镇给他的坎坷也成了他骄傲的资本。

因此，他当上市长的第一件事情，就是想回小镇，想体味一番衣锦还乡的滋味。因为，一个市长在他父母居住的大院里并不耀眼，而在小镇乃至小镇所在的这个偏远小县却是绝无仅有的。可是，当上市长以来，他每天都在忙，日理万机地忙，整天忙些说不清的事情，实在是抽不出一点时间，也难了心头之愿。

今天，他终于抽出一点时间回到小镇。眼前的小镇变了，青石板的小街被水泥硬化了，过去的破烂瓦房换成了气派的楼房，摩登的姑娘与城里的相差无几，以往的痕迹已难寻觅。王市长心里顿时充满遗憾。遗憾小镇变得太快也太好了，遗憾这些变化与自己毫无关系。其实，王市长遗憾的事情真的太多了，他虽然当过许多的官，却没干出什么事。他虽然当了两年的市长，也只是讲了两年的话，拍了两年的电视。工作成绩虽然没有，报纸上却是天天有他的照片，电视里天天有他的影子，弄得像个名演员似的，无人不知无人不晓。

也正是如此吧，王市长虽然是独自走在小镇的街道上，可小镇的人显得很是热情，纷纷和他打招呼，还不断地问候他的母亲，虽然没有一个人喊他王市长，也没有人喊他的大名，可热情的笑脸和滚烫的话语让他幸福让他自豪。他觉得自己回乡是正确的，他想展示一番当初的铁蛋现在的市长的威仪。他昂首挺胸从街头走到街尾，又从街尾晃到街头，那越来越热情的笑脸使他的心里热乎乎的。这时，他后悔自己没带记者来。王市长没有出门不带记者的习惯，他想今天要是带上几个记者，那些热情的场面拍成录像可以上中央电视台，那些照片也会上《人民日报》，那时，一向严厉的母亲说不定也会竖起大拇指。

想到这儿，王市长来到一个电话亭，他想打个电话召来几名记者。拿起了话筒，守电话的老人就热情地递上一听饮料。握着清凉的饮料，王市长禁不住问了一句：

“老人家，小镇人常看市电视台吗？”

“不看，市电视台都是领导在拍戏。”

“常看市报吗？”

“不看，市报都是领导的讲话。”

“那你们——怎么知道我？”

"我们不知道你现在是干什么的,我只知道你长得像你妈。你妈在我们这儿教过书,我们都记得她,也都记得她的恩情。因此,我们见了你,就想到了你妈。"

老人说罢,又关切地问起了他的母亲。王市长却低着头走了,他的心里涌起一阵阵酸甜苦辣。

消逝的事物

马国兴

自给自足的时代，田里是丰富的。小麦和玉米自然不必说，除此之外，每家每户似乎都种着西瓜、甜瓜、花生、红薯、棉花、烟叶之类，也不是太多，没有拿来换钱的意思，只为自家享用。如今想来，各家田里弄得跟农作物博览园似的。这也是没有办法的事，你就是有钱，有心去买这些东西，也没有人、没有多余的东西肯卖给你。只好自己种了。我清晰地记得，我家原本是不种西瓜的，夏天到了，只有靠街坊邻居送的两个解解馋。看着我们远未尽兴的眼神，爷爷一拍桌子：明年，咱们也种西瓜！

比田里作物更丰富的，是我的童年生活。单说红薯。秋熟时节，翻挖出来的红薯一下子是吃不完的，还需窖藏起来慢慢消受。我家门外便有条河，河边有土堤，家人在堤上深挖一口窖，藏些冬天的食物，窖口用废弃的石磨盘压住。每次要取用什么东西了,总是年龄最小的我下去。移开石磨盘,先点火探下去,火不灭,说明里面还不缺氧,人在其中并无大碍。随后,我被绳子系住腰,和篮子一起下到窖里,装了红薯什么的,再被提上地面。这活儿说轻松也不轻松,我有时会撞见冬眠的蛇,或者偷吃的鼠,先尿了裤子,匆匆上来,得半天心神不定。是隆冬时节吧,地气渐暖,窖里的红薯开始腐烂或发芽,我们便将其全部清出,削皮、粉碎、打浆,少部分熬成红薯粉,可以冲茶喝;更多的,做成粉条,晾干,留待过年炖菜吃……

不断读书的我,渐渐远离了故乡,告别了童年。而童年故乡的田地里的作物,也渐渐没了踪影,仿佛它们专为我的童年而生而灭。故乡的人都选择了经济作物,目的倒也明确,就是为了卖钱。于是,农药、化肥轮番上阵,连应运而生的催熟剂都派上了用场。而有了收入后,也可以在市场上买来自己早已不种的瓜果,我曾经尝过,怎么也抵不上原来的味道,感觉全变了。

当然,田里的作物再减少,小麦和玉米总还是有的,但是,收种的方式已有了很大的改变。起初,秋收的玉米运回家院,我们是先撕了大半的玉米壳,再用余下的壳将玉米棒一一辫结,悬挂于屋檐下,或者树杈上。闲时望望白的黄的玉米粒,在太阳的映照下,闪烁着丰收和幸福的光泽。入冬以后,几经晾晒的玉米完全干透了,我们把它们先后取下,白天黑夜剥玉米。一个人捉住一个玉米棒,先用锥子穿出几道"沟沟",另外的人再用手剥——一冬下来,每个人的手都生疼。玉米入仓后,玉米芯还不能扔,有人收的,不远处就有糠醛加工厂。如今,这一切都简单了,将玉米棒完全脱了壳,倒入脱粒机即可,一冬的活儿,一日可就。

还有小麦。收割机的出现,让镰刀和草帽歇着了,麦场也淡出了人们的生活。那时,村里划定一块麦场地,作为脱粒的场所。脱粒的工具,原先是牲口甚至人拉着石碾来碾,其后是脱粒机。麦收之后,闲下来的麦场可不能闲着,犁耙之后,还得种上蒜;来年五月,麦要熟了,蒜也差不多了,忙挖出蒜来,将地碾平碾实,迎接小麦的到来。如此,周而复始。我曾在一首《五月》的诗中写道:

麦场也是磁场
无论我在哪里
心总是朝着这个方向

如今，麦场早已不见了，石碾、木杈、木锨等农具仿佛一夜之间，逃出了农人的视野。将来如果没有一个农具博物馆，任凭老人们如何解释，农民的后代对此也是毫无概念的，更别提什么感情了。

消逝的事物在前，背景是时代的悄然转换和农民生存方式的改变；消逝的事物在前，其后是一批批农民在土地上“消逝”。从繁杂的农事中解脱出来，他们又在不同的城镇上劳作，同样付之以汗水甚至血泪，收获宽裕的生活，或者一无所获。这是一方新的田地，依然纵横交错，像极了这个社会和每一个人的一生。

村　界

秋　风

和国界、省界、县界相比，村界简直不值一提。但它毕竟也是一条分界线呀。而且，它也曾经在我的眼里是那样的神秘和遥不可及。

那年，我五岁。你大概可以想象出一个留着铲儿头垂着清鼻涕啃着一块干馍蛋在田野村头飞奔打闹的村童形象。不错，我们的确早已把巴掌大的小村子闹腾遍了。但村子以外的世界我们却谁也没有去过，没有。

我说的那条村界其实就是我们村和良田村之间的一条小路。平时，当我们蹲在村后的田野里拉屎撒尿的时候，总看见它悄无声息地横卧在那儿，但我们一伙里却无一人有亲戚在良田村，我们当然也就都不知道那个深藏在一丛绿树里面的谜团里到底都包含了些什么。

一天，啃完了手中馍蛋的我突然对大家说：咱们去良田村吧。好。立即有几个人应和。但也有几个胆小鬼吓得大气儿也不敢出。最终,我们还是出发了。

一开始走在我们村地盘上的时候,还好;但越是接近村界的时候,大家的气便越短,话便越少,最后竟都变成一个个闷葫芦了。糟糕的是,快到村界的时候,连这样的闷葫芦也没剩下几个。许多人不是突然闹肚子拉屎,便是找借口说给羊割草去了。人一少,我们几个打头阵的腿便有点儿发软,最后竟都坐在村界边走不动了。

说是村界,也没有啥标志,就是一条窄窄的土路。路有一牛车宽,却比两边的田地足足低下去三四尺深。这样一来,路的两边便有了两个塄坎。塄坎上什么草没有呀,什么蒲公英呀马齿苋呀碗碗花呀……当然最多的还是莎草。车前子和刺蒺藜总是长在路的两边,而且没有什么时候不是一副灰头土脸的朴实形象。我们就那样坐在路边的塄坎上,遥望着良田村的景象:有几个村童正在村头玩耍;村边的地里,正有一群人一字排开锄草……对过路人而言,这也许是一幅安详而恬静的图画,但在我们眼里,似乎处处都潜藏着难以预料的不祥和危机。我们最终没有越过那条小路,溃逃回村子去了。

村界,最早也许只是两家农户的地界,后来却成了一条小路。这又是一条多么古老的小路——谁知道是多少代人的足迹把它打磨成了现在这副模样。也许明代的木轮车的轱辘曾一次次地触摸亲吻过它——不,也许是元代或宋代的……反正,当一年又一年从遥远的西伯利亚吹过来的寒风裹挟着那些车轱辘碾碎的黄尘扫过田野的时候,它留在大地上的印痕便越来越深了。随着它的加深,它又具有了什么样的魔力,令人敬畏呢?

我们终于跨过村界,踏上良田村的地面,是在一个寒冷的早春二月之夜。

没有粮食吃嘛,肚子太饥,大人们成天只是个忙,也没办法。一天,我们几个突然偷偷摸摸凑在一起说:咱去偷良田村的蔓菁吧。良田村的那片蔓菁地那么显眼,谁不知道。大家都说好。我们当晚就摸到那片地里去了。大伙人人手执小铲,挎着小篮,摸索着移动,只是不停手地挖呀挖呀……正当大家挖得起劲的时候,放哨的人突然悄悄告诉大家:来人了。我们只好带着那一点儿连篮底也盖不住的蔓菁和一肚子遗憾撤退了。

自那以后,我们两村的孩子便成了仇人。为了报仇,良田村的人不止一次闯入我们的地界拾麦穗,甚至还偷我们的苜蓿和青玉米。我们自然也不甘示弱。为了提高战斗力,我们还经常练习投掷土坷垃。在向他们进攻的时候,我们就把小竹篮像钢盔一样戴在头上,这样一来,我们便再没有人受伤……

多少年后,我站在一条笔直宽阔的柏油马路边等车,不经意间,我突然想:我是不是站在当年的那条村界上呢?岁月将把一切人类的痕迹悄悄抹去,而我们却对这一切无能为力……想到此,我的心里禁不住一阵莫名的茫然和惆怅。

大哥的麦地

秋子红

黄鸟一叫,麦子熟了。

漫天遍野的麦子,像一片金黄色的海浪,在热辣辣的五月风吹拂下,扑打得村庄似乎在轻轻摇晃。故乡的村庄里,飘着麦子成熟时所散发出的那种很好闻的麦香味。

我就是嗅着那种亲切的麦香味,从远方的城市回到了故乡,帮爹收麦子。

爹说,麦熟了,回来得正好。抽完我敬他的一支烟,爹又说,明早天麻麻亮咱就割麦。

说是割麦,其实故乡人老早不割麦了。麦熟的时候,村庄外面柏油路上来来往往的收割机一台接着一台,打声招呼,一两支烟的工夫,一地麦子哗哗哗就变成了一袋袋黄灿灿的麦粒。不要说割麦,村庄里那些年轻人,现在极有可能连镰刀把都没摸过。

但大哥喜欢割麦。麦熟的日子,大哥早上什么时候起床的,我一点儿都不清楚。帮爹做熟了早饭,大哥蹑手蹑脚走进堂屋,一把揪住我的耳朵在我耳畔喊,懒虫快起来,太阳晒到屁股了。像是脑壳里钻进了一只瞌睡虫,我呜呜噜噜答应一声,大哥刚一松手,我倒头又睡着了。大哥急急火火地说,早饭在锅里热着,我和爹割麦去了。

等我揉着惺忪的眼睛走到地头,大哥和爹早割出去一大截。大哥割麦像爹,双脚摆开架势,身子往前一弓,镰刀挥舞起来。嚓,一镰;嚓,又是一镰,动作既麻利又耐看,镰刀割出的麦茬又低又干净。我握着镰刀,刚割过几镰,麦芒刺得手腕又痒又疼。直起腰望望天空,天蓝得像一整块钢蓝色的水晶,太阳挂在头顶,毒辣辣的光芒倾泻在脸上,针扎一样疼。大哥回头望望我,咧嘴笑笑说,红娃,去给爹端杯茶水去。我扔下镰刀,一转身就往地头的树荫里跑。爹没好气地说,红娃学学你大哥,看你大哥咋割麦!我听见大哥笑着对爹说,红娃还小。

其实,大哥比我大不了多少,满打满算,大哥比我只大两岁零三天……

第二天清早,给开收割机的师傅打了声招呼,到晌午,爹的二亩多麦子就变成了黄灿灿的麦粒,晒到了村庄外面的麦场上。不到三天时间,村庄外漫天遍野的麦子,就让那些突突突轰鸣着的铁家伙给收拾干净了。田野一下变得空阔起来,村庄南面的土塬,从田野上显露出来,像一道黄褐色的屏障,在田野尽头连绵起伏着。

做熟了晚饭,叫爹吃饭时,我发现,爹正一个人蹴在南塬塬顶的一块麦地边,默默抽着烟。

这是我家距村庄最远的一块地。现在,周围的麦子早收割了,只剩下我家的麦子孤零零地站立在南塬塬顶上,像是天上落下来的一朵金黄色的云。站在南塬塬顶上,可以望见远处绿树掩映的村庄,还可以望见从村庄通往远方的柏油路。那一年,我们在南塬塬顶上割麦。割着割着,大哥忽然对爹说,爹,麦割完我就打工去了。爹愣了半晌,问大哥,你不念书了?大哥说,让红娃念吧。大哥回头看我时,我看见大哥眼里扑闪着晶亮亮的泪花。大哥考上了高中,我考上了初中,但娘刚过完年就去世了,为了给娘治病,爹欠下了一屁股的债……

走到爹身边，我问爹，麦割吗？

爹抬起了头，揉揉眼睛说，咱再等等。

塬顶上的麦子早熟了，一棵棵麦穗黄澄澄沉甸甸的，风一吹，发出窸窸窣窣的响声。

我要去远方的城市了。我临走的前一天傍晚，爹磨好了三把镰刀，说，红娃，咱割麦去。

我和爹来到南塬塬顶上。

走到地头，爹弯腰割了一把麦，然后将镰刀放在麦棵子旁边。紧接着，爹从怀里取出一沓黄纸，抖抖索索点着了。

爹说，祥娃，回来吧。

爹又说，祥娃，咱一道割麦。

红红的火舌，舔着爹沟壑纵横的脸，爹的脸上，满是黏糊糊的泪。

祥娃是大哥的乳名。

大哥在南方的建筑工地打工时，有一天从工地脚手架上跌下来，一句话没说就走了。大哥的骨灰，就埋在故乡村庄南塬塬顶，我们家的这片麦地中……

我和爹拿起了镰刀，弯下了身子，开始割麦。

嚓，一镰；嚓，又是一镰。

割着割着，我忽然嗅到，麦地中散发出的大哥身上那种亲切的汗腥味。

卖口儿

宋子平

破锣嗓子冯奎看上了铁城镇朱家的大闺女朱喜喜，但也仅此而已——他吃穿都成问题。

冯奎是在搭班演出时遇到朱喜喜的。那天他在表演完吞铁球、吞宝剑之后，把两枚特制象牙骨针由鼻孔塞进去，在下眼睑底下刚冒出个头儿，他就让那两枚骨针停在那儿，带着它们拿着锣讨赏时看到了朱喜喜。当时朱喜喜一脸怜惜，眼里转着泪花，那表情痛苦极了——比他吞铁球时的食道和胃还痛苦。走到她面前时，他不由自主地缩回手，想越过去。朱喜喜比他出手还快，攥得有些潮的一块钱非常准确地落在翻过来的铜锣里。冯奎的心咚地敲了一下，他抬头去看她，心里就又敲了一下，比他手中的锣敲出的声音还响。

杂耍班子在铁城唐槐旁的空场上演了三天，朱喜喜就跟着看了三天。

下晚儿收了摊子，冯奎就到街上转悠，寻找朱喜喜。第一天没碰着，第二天他就多了个心眼儿，散场时看她朝哪个方向走，他就照那个方向去寻。结果还真让他寻到了。朱喜喜出门抱柴火，与正在门外转悠的冯奎撞个对面。朱喜喜一愣，脸上旋即飞上一片红云，抱着柴火急急忙忙进去了，慌得冯奎都没想出一句话来。

朱喜喜进门后，冯奎对着敞开的朱家大门发愣。俗话说，吃饭穿衣看家当，梳洗打扮看丈夫。就朱家这带门楼的院子，迈上七级台阶才能进屋的青砖瓦房，她家在方圆几十里，就是整个吴桥县城也是数得着的富户了。冯奎就有些傻眼——想把朱喜喜娶到手恐怕比登天还难。就在他发愣的时候，朱喜喜来关大门了，看到他，朱喜喜脸红红地笑了，她乖巧妩媚地看他一眼，咣当一声关了门。

第三天冯奎在朱家门口没有等到她，但她的笑给了他勇气和希望。

三个月后，当西伯利亚寒流袭来，冯奎又回到了铁城。这次，他有点儿衣锦还乡的味道，一身灰色西装，自行车、手表，另外还镶了两颗铜质金牙。他这打扮在二十世纪七十年代末的农村是很扎眼的。西装十块钱，手表是在修表匠那儿半要半买的，不拍不走，只有那半新的自行车还值几十块钱。这次外出挣了四百多块钱，省吃俭用置办了这身行头，没事就披挂整齐了在街上转，见人就白话外出见闻，没人时赶紧拍拍不走的手表。

朱喜喜的母亲正在街上卖枣，冯奎骑车径直到她面前，咋咋呼呼问：枣儿多少钱一斤？

八毛。

太便宜了！沧州金丝小枣是名品——冯奎说了一句文词——应该卖一块，一块也便宜。唉呀，吴桥人就是不会做生意。活该受穷啊——这样吧，你有多少？

就口袋里这些……

一块一斤，我都要了。约约，约约有多少。

二十八斤。老太太约好了秤懵懵懂懂等着了——天底下还有这样的傻子啊？

冯奎掏出一沓十元新钞，抽出三张递过去：别找了别找了。——唉呀，大娘，你看我也没拿个家什，你把口袋借给我，我回头再给你送家去。大娘，您住哪儿啊？

老太太手里攥着钱，脑子早已转不过弯儿，叽里咕噜地跟着他的思路走：城南,有门楼的就是。

好嘞,大娘,我走了,明儿——明儿您在家吧?我给您送回去。

老太太眨巴着眼,还没弄明白怎么回事,冯奎就一溜烟走了。

冯奎拿走了老太太的口袋,就有了到朱喜喜家去的由头。第二天,冯奎如约来到了朱喜喜家,一口一个大娘叫得亲热,眼却不时地朝西屋扫。朱喜喜听到声音装着过来倒水,看到焕然一新的冯奎吓了一跳,倒了水想出去,冯奎眼看着她却冲着老太太问:这是您家大姐吧?老太太不明白他的用意,谦虚地说:唉,十八九岁的闺女了,就是不会说个话,这样怎么能招呼人呢?

不会说心里有数就行。

喜喜,你看看人家,多会说话。

大娘,话多您不烦啊?

不烦不烦……

那我以后常来陪您说话吧?

啊——来吧,来吧。老太太没明白他什么意思,但也不好当面拒绝。

冯奎得了特许,高兴地告辞走了。

这以后,冯奎就常来,有活儿帮着干活儿,没活儿就陪着老太太闲聊。等到老太太终于明白冯奎的用意时已经晚了。她想棒打鸳鸯,朱喜喜就死给她看。老太太束手无策,叹一声:闺女啊,他家穷得瓦片儿盖不住屁股,你就心甘情愿跟他过穷日子?朱喜喜拽了一下冯奎,冯奎扑通就给老太太跪下了:娘,别看他们现在有钱,但他们会坐吃山空。俗话说,"家有金山,不如日进三钱"。我是搂钱的耙子,喜喜就是装钱的匣子。以前没人管着我,以后有人管了,我可是活银行啊。您也知道我这活儿都是绝活儿,到下一辈儿就失传了。吞铁球,吞宝剑,缩骨,人们想看,只有我能表演,碰上心软的,一掏就是大票子。三百块钱盖一栋房子,瞧瞧,我这瑞士手表,多少钱?四百八!他抬起手腕晃晃表:您别着急,我不是糟蹋钱——出门在外,行头第一,有了好行头,才能赚大钱……

老太太被他说动了,跟着他一起展望未来。

杂技艺人管演出时的道白叫卖口儿,破锣嗓子冯奎就靠一片三寸不烂之舌把朱喜喜娶回了家。

心　事

王琼华

二德牯到邻居家喝接亲酒。

平日，他就喜欢喝几杯，又看到桂花挑了一张凳子，与自己同桌坐着，心里美滋滋的，喝起酒来兴致十足。只是他的酒量不大，七八杯下肚，一张脸就红起来。同桌的人看到桂花与二德牯时不时眼对眼，说："二德牯也该敬桂花一杯吧。一桌子人，你二德牯谁都敬到了，唯独桂花这杯酒不敬也说不过去吧。"

桂花说："谁敬我都不喝。我不会喝酒。"

"那我们敬二德牯，他喝双杯酒！"

二德牯站起身子，大声说："喝就喝！反正是寡妇的裤子禁不住劝！"一仰脖儿，把一杯酒倒入嘴里。屁股还没落下，坐在一侧的人扯了扯他的衣角。"有事？"二德牯弯下身子，巴起眼问了一句。邻座小声嗔怪："该掌嘴！你刚才怎么说话？”“我说什么了？本来就是这回事，寡妇的裤子……”二德牯还没把话说完，自己先瞠目结舌了。过了好一阵儿，他才缓缓把眼睛望向桂花，发现桂花把头扭开了，好像不想理自己。

村里人早在咬耳朵，老单身公二德牯想娶桂花，桂花好像也有这么一点儿意思。

桂花以前嫁过人，寡妇也当了一两年了。

可眼前，二德牯真想掌自己的嘴。

晚上，二德牯躺在床上，心里乱糟糟的。真是自己找背运来走！他不停地埋怨自己。一定要找桂花说一说，这成了二德牯的一桩心事。

第二天早晨，他挑着水桶走到村口水井旁挑水，把两桶水吊上来，又撑着扁担站在井旁，不时往村口瞅。桂花每天早晨也是这个时候挑水，二德牯想借这个机会跟桂花说上几句话。没多久，桂花挑着水桶来了。

“对不起，桂花，”二德牯低下头，说，“那句话我不该说。”

“什么话？”

“就是寡妇裤子……”

桂花乜了他一眼，没吭声。

“我不是其他意思，只是说我喝酒直爽。”

“那就多喝一点儿。”

二德牯觉得桂花的话不冷不热，心里更着急：“我给你赔个不是。我不该说那种漏风漏气掉牙齿的话。”

桂花突然哼了一声，哐当哐当把两桶水吊上来，没再答话，挑起水桶径直走了。二德牯咧开嘴巴，愣愣地望着她顺着青石板路远去的背影。

但二德牯还不死心。他觉得桂花不是小心眼儿，这回肯定是一时赌气。于是，二德牯过了两天又在巷子口拦住桂花，说：“对不起，桂花，要不你掌我的嘴。”

“咦，你怎么变得像老太婆一样？”

“我……我真的错了。”

“错在哪里？”

“错就错在不该说。”

“不该说？看样子错在哪里你自己还稀里糊涂。好了好了，你最好跳进东江湖洗个冷水澡,别再昏头昏脑的。"

二德牯犯愁了,这下真的得罪了桂花。还能找个什么法子补救呢?他思来想去,最后找到隔壁的婶子,求她出面去说情。没多久,婶子一脸怒气回来,进门就把脚一跺,说:"二德牯,我不该帮你去说这个事,桂花那话怎么叫人听得下。她还说,她要嫁到隔壁那个村子里去。"二德牯往下一蹲,左手死死地拧着头发。婶子看了看,又有点怜悯起来,叹道:"你这剁脑壳的,这结别人都解不开,还是你自己去解吧。"

他攥攥拳头,觉得婶子说得有道理。他噔噔地往桂花家走去。他感到困惑,平日在村里最好讲话的桂花怎么一下子变了,难道她真要嫁给别人?看来她是觉得自己的认错态度不好吧?

桂花瞪了他一眼,说:"看样子,你还像个男人,也敢上门来。"

"我是来认错的。请你原谅我这个下九流。"

"是吧。"

"我会改的,桂花。"

"改什么?有什么好改的?"桂花没好气地说。

"我,我不是好男人。"二德牯结结巴巴的。

"当然不是好男人!连寡妇的裤子也要劝她脱掉?"桂花看了看他,腔调又怪怪的,"你怎么晓得寡妇的裤子禁不住劝?"

二德牯不晓得怎么答话。

"你劝过?"

二德牯摇摇头。

桂花那眼神突然变了,火辣辣的:"怎么,想不想劝一劝?"

二德牯身子哆嗦了一下,又是摇摇头。

"那你给我滚——"桂花突然吼道。

自流井

王 艳

那时我还不知道水像女人，水的状态就是母亲的状态。可那时的水真清，井里总有着不断流出的清水。

在村口打下的这眼井，我们叫自流井，它独自汩汩地流着，散漫了一片，然后绕过一个大池塘，慢慢地流向逶迤地长着小麦或玉米的庄稼地。这一汪透亮的小溪，像女人婀娜的腰肢，使小村有了动感，有了湿浸浸的清爽。

我们并不在意它是流向了田里，还是在田里雨水足时蓄在了池塘，对于我们，重要的是收拾一盆脏衣服，一次次地走向它，它清亮喜悦地接受了。

如此有用，使它陡然间颇具地位，有人——一定是男人——为它垒了小屋，它端坐在屋的中央，紧挨着小屋砌了长方形水泥池，接着才是长长的通向庄稼地的水渠。池两边细心地砌了水泥洗衣台，这一定是一些非常爱女人的男人干的活儿，他们把洗衣台砌得坚固而好用，一条条棱细腻均匀，似乎是为了足够担起一个女人一辈子在上面搓洗衣物的任务，是为了注定让井和小村一起生生不息。

自流井开始堂皇起来，水池旁挤挤地站满了远远近近的女人，有的还很耐心地排队，水的温润、女人的温润自然地搅和着渗透着。池子里总散漫有很多的衣服：深色，大而笨重，是父亲的；浅色，媚且柔和，是母亲的；花颜色的，玲珑娇小，是孩子的。一家人的生活就这样热热闹闹地拥挤着纠缠着，男人女人孩子就这样在水里哗哗啦啦地相遇、漂洗，沉下、浮起，爱情和日子就这样触手可及。

一般到了中午时分，院子里就飘飘扬扬地挂起了衣物，五颜六色的，像一个小型庆祝会，像一小块一小块鼓着风的帆，空气中，弥漫着隐隐的肥皂香。这样的晾晒，是多少女人甜蜜的心事！我那时年龄小，特别喜欢在这样的晾晒中穿梭，像好奇的小狗，嗅探主人好闻的裤脚。

有女人的地方，真是一个可爱的地方，可那时老木还不知道，他年龄也还小，还要跳一下才能坐到光滑的池边上。他家离自流井最近，他个子高高的娘总会来井上洗一棵葱或一小把青菜，絮絮地说些家常。老木早没了爹，就娘儿俩，可他那时无忧无虑的，幻想有一天自己的媳妇，不排队地在自流井边洗衣服，他真为媳妇幸福。他就以非常欣赏的、非常满意的神情，久久地注视着这些清亮亮的水波，注视这些弯着腰洗衣的温润女人，她们细白的手臂在水里浸泡得嫩嫩的。

像母亲的怀抱啊，温柔地接纳了自由自在的荡涤。

一切来得可能有些突然，不知道何时自流井水越来越小，洗衣的女人越来越少，一直到完全没有了流水，长方形水池边完全没有了女人细白的手臂，看到的只是干燥龟裂的池子底，那是一个干瘦如柴的母亲的胸膛。小井房上，蒿草青了又黄，大池塘萎缩成了一个蹩脚的小盆景，只有小股的风呜呜地低回。我看到离井很近的院落里，一个男人，一个看起来很老的男人，是老木。他个子高大，蜷曲在屋前一言不发，屋里有奄奄一息的母亲。听说他是娶过一个媳妇的，可媳妇嫌他太脏太穷，跑了。那时，自流井已经干涸，老木从来没有看到过媳妇把手臂浸洗得白嫩。

这个小村也成了一个了无生趣的小村，男人大都到城里打工了，村里缺少阳刚;他们为女人买了洗衣机,没有了滋润的浸洗,村里缺少了阴柔,缺少了饱盈盈的日子与爱情。男人女人孩子的生活都很隐蔽,门户闭得很紧。

我的母亲也很苍老了,可仍旧很爱干净,但再也洗不出挂满帆一样的壮观景致了。她舍不得用水,这样的局促和当年判若云泥,并且也和小村人一样舍不得用钱。钱,成为生活的主角,直直地矗立在村子的正中央,使村子的角角落落,充斥着异于温润的气息,异于曼妙的情态,整个的七零八落、煞有介事,像个心神不定的流浪汉。

曾经那些叮叮咚咚的漂洗,随着不断飘来的越来越多的尘埃,会更加地模糊和黑暗,它被岁月蒙在了记忆里。去看看那景象吧,宛如一个丑陋的疤痕。

干涸的自流井,就是一个死去的女人。

这是一个有梦的清亮女人的遗骸,她裸露着,曾经曼妙地流经她的水纹,只留下了条条伤痕。

是的,一个小村和一眼井有了牵连,一个人和一池清水有了牵连。很久很久以后,这种事还要发生,就像今天,说着它的温润与干裂,纯净与粗鄙。是的,一眼井和那个老木的命运是相似的,一个小村一个小城都同样和某一个人的命运相似,需要不断地放弃、坚守与创造,才可以相对地使破败的生动起来,紧缺的富庶起来,易碎的久长起来。

荒村姑婆

吴克敬

下的小豆种,甭想收豌豆。

——西府口谱

都说姑婆命苦。

姑婆是我们小堡子的姑娘,初嫁荒村时,我们叫她姑姑,上了些岁数,我们叫她姑婆。苦命的荒村姑婆年轻时很有些姿色,粉粉嫩嫩的一个美人儿嫁到荒村,小堡子人都觉着有点儿亏,都说一朵鲜花插在了牛粪上。这么说,姑婆的男人不是个啥人物,可姑婆的男人还是要打她,下手又特别重,姑婆回小堡子娘家,不是鼻青脸肿,就是手脚有伤。身子上的伤势听说更重,姑婆不让看,遮得严严的,伤到多重没人能知道。

小堡子人不是好惹的,凭啥打我们村如花似玉的姑娘？去人一大帮子，是背着姑婆去的，原以为能治住姑婆的男人，可那男人哭了，哭得手脚痉挛，几乎不能言语，瑟瑟缩缩的身子抖得像筛糠。那男人压着细细的哭腔说："我想要个孩娃子。"不孝有三，无后为大。男人的要求合情合理，小堡子撵到荒村讨说法的人群动摇了，甚至可以说灰溜溜地离开了荒村。大家因此知道，姑婆挨打是有原因的，尽管那男人不是个人物，打姑婆也是没有错的。

姑婆也怪娘家人多事。

姑婆的心思，是要给男人生个带锤锤的孩娃。可她生下大女儿后，竟然有五个年头儿没再生育。吃了些草药后，依然生的是女孩儿，生了六个女儿后，别说姑婆的男人，姑婆自己都不耐烦。

姑婆骂上了。这是姑婆头一遭骂人，骂的还是她男人。她骂男人没有用，是死猪，是狗熊，是怨鬼……姑婆骂得很解气。姑婆骂得没了力气，怨鬼男人还不打她，姑婆就抱了男人，跪在了男人的脚前，幽幽地说：

"下的小豆种，甭想收豌豆。"

只这幽幽地一说，男人也跪了下来，抱住姑婆，急哇哇地对姑婆说：

"你去引香头吧！"

姑婆就哭起来，哭得浑身软成了一摊泥。

"引香头"是一种风俗，一种羞于启齿的风俗。姑婆的荒村离中观山近，农历的七月七日，天扑黑时姑婆上了中观山。

轮到姑婆挤进娘娘殿，差不多已是深夜二更半。慈祥肃穆的娘娘，怀里抱着个白白胖胖的娃娃，姑婆请了布施，上了香火，把胖娃两腿间的锤锤伸手拧下来，张嘴吞进了肚子。

白胖娃娃的锤锤不怕女人吃。吃掉一个，就有人捏一个续上去。麦面捏的锤锤专供祈子的女人吃。姑婆吃了麦面锤锤，引了一根香头，转身出了庙。姑婆不敢抬头，脸臊得像是火烧。姑婆引着香头向荒山坡去，荒坡里是有几孔破土窑的，姑婆走了几处，见窗里都有红红亮亮的香火头。姑婆就继续往前走，看见荒草坡上也有点点的香火明亮着。她竟有些泄气，她知道有香火的地方，就有一对野合的男女。她来迟了，待她转身欲回时，有一个黑粗的野汉抱住了她的腰，姑婆的身子就倒在野汉的怀里。姑婆没有觉得受辱，她甚至产生了一种感激之情，任由野汉在她身上动作。

姑婆和野汉倒在荒草坡上，做了一夜的露水夫妻。

引香头，说白了就是引野汉。姑婆欣幸她的遭遇，与那野汉这么一遭，日后想起，竟然无限怀恋。

姑婆引香头，并没有引来孩娃，怀孕落草的还是一个女娃。姑婆留下了这个女娃，她男人却从此一蹶不振，患上了怎么吃药也不见好的鼓胀症。半年光景，肚子鼓得像是吹胀的气球，里边的花花肠子看得一清二楚，不久便病死了。

姑婆的大女儿见风长高，长得如姑婆年轻时一样娇艳宜人。驻村土改工作组的青年组员迷上了姑婆的大女儿，没离村子就成了亲。多亏了这门亲事，后来的六个女儿，都借着大女儿和她丈夫的福上了学，且个个都上得极有出息，三个中专毕业，三个大学毕业。大女儿跟着丈夫住在陇海铁路边的县城。以大女儿为点，向着两端的陇海铁路发展，七个女儿分别工作在宝鸡、咸阳、西安、渭南几个城市。姑婆不贪图女儿们的幸福生活，固执地住在荒村的老宅子里。怨鬼男人的忌日，七个女儿，像从天上降临人间的七仙女，偕同丈夫回荒村给父亲上坟，倒惹得满村人眼红流血，都说：

“姑婆好福命哩。”

苦命也罢，福命也罢，姑婆已无动于衷，盼的只是每年男人的忌日，女儿、女婿都回家来。

井

吴万夫

偌大个村子,却没有井。

村民们几十年都是翻过一架山梁,到梁那边的竹竿河里背水吃。罐装桶盛,戽提斗揹。惯了,倒谁也未觉得累。

我家的院里打了一口井。我家从此结束了到山那边背水吃的历史。井水,甘洌,清凉,咂进嘴里口爽心甜。

但不幸的是那一年,苍天大旱。庄稼枯萎,茎黄叶蔫,放一把火都能烧个精光。竹竿河也断了流,河床龟裂。村民们没有了吃水的地方。

村民们便想到我家的那口井。

开始我爹很高兴。看着人们那讨好的神情,听着人们巴结的话语,我爹的心像放在蜜罐中渍了一般。

人们每次来打水,总是向爹无话找话说,个个夸赞爹是个大好人，为村民们办了一件大喜事。

一天。

两天。

十天。

半月。

村民们来打水的时间一长，我爹就受不了了。每天，来我家打水的人们络绎不绝，川流不息，赶庙会似的。大人，伢崽，老翁，妇妪，呜里哇啦一团糟。

人多井小，又连逢大旱，我家的水井很快就枯竭了。这样，水就跟不上吃。提着水的，就欣欣然而去。没有水的，就坐在水井旁，等水慢慢沁出，沁一点用瓢舀一点。像陈州人等待包公发放救济粮似的，白日黑夜，我家院子的水井旁，都有人守候在那里，大有一番人嘶马叫的壮阔场面，没个清静的时候。

这样，我家的吃水也面临一场危机。每日，等村民们满足而去，我爹才从井底舀几瓢浑水上来，放在盆里澄了又澄，每次都能澄出半盆泥巴来。

这天，村民们再来打水时，我爹就黑着脸，说水井没水了。

正兴冲冲而来的村民们，又悻悻而去。

有人说："不就是院里有口井吗？"

又有人说："就只能发这么大的财！"

还有人说："连口水都不让提，只想活他一家人啊！"

附和的人说："就是！就是！吴才做事真绝啊！"

我爹得罪了村里所有人。个个对他痛恨入骨，咬牙切齿，恨不能食肉寝皮。

就在那一天夜里，老天猝然大发慈悲，咔咔嚓嚓的雷声在村子的上空滚来滚去。一时间，乌云密布，电闪雷鸣，风雨大作。

就在半夜里，忽然一声闷响，震动了整个村庄。

第二天，雨过天晴，艳阳高照。

我爹出来对村里人四处散布说，我家院子里的那口井坍塌了！

村里人来我家院子里参观塌陷的井，心里虽幸灾乐祸，嘴上却说着："可惜！可惜！"

我爹又加入村民们进山背水的行列。

只是没有一个人再说出我爹的不是。

看着毁坏的水井,我对爹说:“明明一口好端端的水井,你干吗要填平了呢,爹?”

“孩子,你记住这样一句古话:‘十顿饭救济一个人,一顿饭得罪一个人。’”

爹向我说了这样一句意味深长的话。

九 尾 狐

吴卫华

一个长眉细目眼光媚人看起来狐气很重的女子，总会让人感到诧异和难以应付，既受惑于她的引诱又不敢过于和她亲近。六儿就是这样的一个女子。

在我们村外有一座高大的古墓，古墓四周灌木丛生，小时和六儿到村外捉迷藏，每到了古墓那儿就会找不到六儿的身影。绕古墓找着找着发现墓上有一个海碗口大小的洞掩在草丛里，就疑心六儿缩身钻进了那个幽暗神秘的洞里，这样想着心里就紧张，向着洞喊一声："六儿，你再不出来，我可就走了。"六儿总会在我的诧异中嘻嘻笑着从古墓后面走出来。

六儿长到十七岁神态就狐媚起来。六儿的狐媚绝非后天学来的，她的狐媚简直与生俱来，只不过在十七岁时强烈地表现出来罢了。其实六儿狐媚就狐媚在脸蛋儿和腰身上，长就了那么一副狐媚样，想不狐媚都不行。有一个相面的曾给六儿相过面，当时虽然没说什么，事后却传出六儿是九尾狐投胎的怪诞说法。九尾狐是我们那一带广泛流传的一种极灵异的野狐，善媚善变善蛊，带有浓郁的邪祟气，据说村外的那个古墓里就有九尾狐。

六儿十八岁那年，我十九岁，已经完全是一个男子汉了，对别的女孩子已经有了爱慕追逐的行动，唯独对六儿不敢有一丝的轻举妄动，因为自小觉得六儿诡谲阴柔不同寻常。

六儿对她自己无意中表现出的媚态，极少自觉，她有一个经典的动作，那就是右手纤指轻绕一缕秀发，巧跷兰花指，一双美目狐媚地盯着你。当然，六儿也不是媚态滥施，她只是对她喜欢的人才如此。我不知道六儿喜欢不喜欢我，但六儿那个极媚人的神态是经常在我面前表现出来的。我却一直对六儿保持着一种敬而远之的态度，我实在没办法和她亲近，我娘一直告诫我说六儿是九尾狐转世，谁和她亲近谁倒霉。其实我好想和六儿亲近，有时我真的抵制不了六儿那种看我的神态。

我十九岁时的那个秋天，村外的野枸杞棵上红灿灿地挂满了枸杞子。枸杞子是种名贵的药材，采摘后晒干卖给中药铺，可获得不菲的收入。先是我一人在那片杂树丛生的灌木丛里采摘着一粒粒红艳欲滴的枸杞子，后来听得附近有响动，看过去，竟是六儿，不知何时她也钻进了这密密匝匝的灌木丛里。六儿手里提着小竹篮，看样子也是来采摘枸杞子的。六儿微笑地看着我，可看着看着，她那个经典的媚人神态就出来了。我不由得心慌意乱了，接着就浑身燥热起来。不知是她移向了我，还是我走近了她，我晕晕乎乎低下头贴住她的双唇。六儿两目溢辉双唇温软，我心里却不合时宜地轰然响了一下：九尾狐转世！激情骤降，顿觉手足无措，只有狼狈分开灌木丛跑了出去。记得六儿好像两眼涌出泪水呆立在原地。

不久，村里就传出了六儿和一个男青年好的消息，我也多次看到六儿和那个青年亲热的样子。看六儿那样在我面前招摇她的爱情，我心里有种酸涩涩愤恨恨的不平，不过想到六儿是九尾狐转世，倒也能平静看待他们了。六儿对我的平静却显出了少有的羞恼，每次见了我，眼光都幽恨恨的，让我感到阴冷。

紧接着就发生了一件好像在村人意料中的事：六儿突然和那个男青年绝交，

男青年受不了打击上吊死了,男青年的家人将尸体抬到六儿家闹事。六儿在村人的唾骂和侧目中溜出来找到我,那时我正站在村外替六儿发愁如何解决这人命大事。

六儿忽然出现在我面前,幽恨恨地盯着我:“别人不理解我的心思倒也罢了,可你不理解我的心思,让我好恨啊!”我茫然,不知怎地竟说出:“好好的你怎么忍心害死他?”六儿一下竖起了细长的眉毛,连眼也立了起来:“我本想让你嫉妒,哪知你根本不在乎我。我恨你,是你毁了我!”说完她一甩手狠狠打了我一耳光。我给打傻眼了。六儿大哭着跑走,自此再无影踪……

那一年,我最怕听旁人在我耳边提起六儿,只要听到这个名字,我就会觉得脸颊热辣辣地疼心儿颤颤地抖。那一年,我真的希望六儿是九尾狐转世,好给我一次补过的机会。据说九尾狐是不死的。

三　三

吴卫华

一到了春天，北方的田野因了色彩的增多而逐渐明亮活泼起来，桃红李白杨柳青，就连房前屋后大路边，都有些花儿草儿精神神光鲜鲜地在艳阳下在微风中招摇着。

三三就像春天田野里的一朵清新的野花，适时地不可阻挡地绽放着她的青春她的美丽她的梦想。

子规是三三的大姨的儿子，在一个学院里当讲师。三三的大姨一家很早就迁居在那个让三三觉得光怪陆离的大城市里。三三不明白子规为什么从城市里走出来住到她家。在三三的娘还活着时，三三曾见过子规一次，那时三三十一岁，子规正念大学。三三的娘死后的八年里，三三再没见过子规。

子规长得很白，是城里人普遍有的那种虚白。子规住在三三家简直像个隐士,除了看看他带来的书,更多的时间是到田野里走走。三三的爹让三三陪着子规,一来给子规当向导,二来和子规说说话。连心机单纯的三三也看出了子规有很重的心病。

乡下新鲜的空气和悦目的景色及舒缓闲适的生活,让子规的身心慢慢轻松起来。三三拘谨而又欢喜地陪着子规东游西逛。那些日子,三三穿着她最好看的衣服,天天走亲戚似的。无论三三穿什么,子规都像看不见。三三并不沮丧,其实她倒怕子规真的注意她。子规那刚到乡下时郁沉沉的神情,很快被乡下明媚的阳光和爽人的春风驱散,人显得活泼起来,也肯和三三说说心里话了。三三从子规口中知道他因为严重的精神危机,在医生的建议下,请了假到乡下"自然疗治"心理疾病。子规说他"病"重时都想跳楼自杀。

有一天,三三陪子规到一片树林里看树上的斑鸠窝,不小心被树上的刺扎破了手指。三三虽然疼得皱起了眉毛,却没怎么当回事,想甩掉伤口处冒出的血珠了事,子规看见却叫出了声:"哎呀,刺破了,快把血多挤出点儿,别感染了。"说着急忙拿起三三的手指仔细地向外挤血。子规一抓起三三的手,三三的脸就红了。三三看子规的手很白,三三的手被这双很白很软的手握住,就有种温热传到了三三心里,三三的脸就更红了,连心里那种不甚明了的想法也红了起来,于是三三就有些发怔有些恍惚。子规给三三挤完血后放开三三的手,看三三的神情有异,不由得诧异地多看了三三一眼。他这一眼看得三三反倒有点生气,生气自己这是怎么了。三三一生气连斑鸠窝也不看了,丢下子规自顾走出了林子,弄得子规莫名其妙。

一个月过去,子规假期已满,人也精神开朗了。子规回了城市。子规走后,三三干什么都恹恹的,怎么也提不起精神,老是一副魂不守舍的样子。三三不明白自己这是怎么了。子规走时曾给三三留下了一个详细地址,说欢迎三三去他家玩,还说他回去后就给三三打电话。三三老觉得子规会打电话给她。半年过去了,子规一次也没给她打过电话。三三的爹有一次不经意地给三三说:"你大姨家的子规怕不是又犯了'病'吧?"这话只是三三爹一时的猜测,三三却认了真。

三三决定去看看子规。从没出过远门去过城市的三三,义无反顾地出门了,天知道三三是怎样凭着一张纸条上的地址摸到子规家的。那天是双休日,子规夫妻和三三的大姨都在家,他们看到风尘仆仆的三三都大感意外。三三说,她来看看大姨,大姨很感动,一定要留三三多住几天,看看这个繁华的城市。

三三行走在这个城市的钢筋水泥间,只觉得自己像棵找不到肥沃土壤扎根的花草。子规的妻子美丽大方,子规儒雅礼貌,没有一丝犯“病”的迹象,他们更适合生长在繁华的城市里。

三三要回乡下了,子规送她。三三非常强烈地感到有个不可逾越的东西横亘在她和子规之间,那个东西的名字叫城市。

三三坐在火车上,从窗口看见子规挥手跟她告别,心里忽然涌起想哭的冲动,三三想自己这是怎么了呢?三三在火车上默默无声地哭了三个钟头,直到下了火车走到田野上,才觉得心里有种火尽灰灭的平静。

梅镇的夏天

伍中正

天气越来越热。从梅镇那棵粗大榆树上看起来越来越绿的叶子,就可以断定,夏天要来了。

夏天一来,镇上就来了一个跛腿年轻人。他看了看高高的梅镇,再看了看高高的榆树,就不再往前走,一屁股坐在了粗大的榆树下。

老榆树不认识他,梅镇人也不认识他。年轻人第一次出现在梅镇上,就是这副可怜兮兮的样子。脸上脏,衣服脏,腿上更脏。露出的右小腿像烧煳的米饭,样子很难看。跟着他一起来的还有一个提包,提包是牛皮做的,不新不旧,只要拉链哗啦一拉开,提包的口就张得大大的。

梅镇人不知道他是从哪里来的。老榆树开始同情他,给他遮阴又给他蔽雨。

梅镇人开始同情他。有人给了他衣服，还对他说，你那件衣服太旧了太脏了，换换吧。年轻人顺手就接了衣服，说了几声“谢谢”。他把衣服放在身边，眼睛盯着小腿，小腿在一点点溃烂。他觉得离自己数钱的日子不远了。

有人给了他凉粥，对他说，一天到晚在太阳底下坐，口里肯定干得厉害，喝了吧。年轻人顺手接了凉粥，一口灌下。灌完，连说“谢谢”。之后，他的眼睛盯着小腿，很艰难地移动了一下，给他凉粥的人看了很伤心。年轻人觉得数钱的日子就在眼前。

有人给他饭菜，还对他说，一天没吃饭了，肯定饿坏了，赶快吃了吧。年轻人顺手接了饭碗，筷子一个劲儿地往嘴里扒饭扒菜。吃完，他的眼睛再盯着他的腿，再不作声。他觉得再过一天，就到了数钱的日子。

梅镇很多人都在同情他。梅镇的夏天，就有了一个话题，很多人说来镇里的那个年轻人可怜，太可怜了。年轻人也听到了他们的议论，也低下头，暗暗地流过泪。

从梅镇那棵粗大榆树上传来的长长短短的蝉声就知道夏天渐渐过去，年轻人没有要离开的意思，听着那蝉声，就小睡了一会儿。

有的人再给他衣服，他摇了摇头，说，给我点儿钱吧，我还等着钱上医院治腿呢。给衣服的人就在自己的口袋里掏出了钱。

有人再给他凉粥，他摇了摇头，说，给我点儿钱吧，我还等着上医院，再不上医院，我这腿就废了。给他凉粥的人回到家里，拿来钱给了他，说，赶紧上医院吧。

有人给他饭菜，他摇了摇头，说，给我点儿钱吧，我还等着钱上医院，再不上医院，我这腿真的就要废了。给他饭菜的人从口袋里掏出了钱。

年轻人没有离开梅镇。他每天在梅镇人同情的目光里获得了上医院的钱。夜幕降临，他就开始数钱，数那些轻易换来的钱。数完，他自如地拉开提包的拉链，把钱放了进去。然后，他很狡猾地一笑。一抬头，他从那些繁密的枝叶间，能看见梅镇天空里的星星。

梅镇人眼里的夏天很快就要过去。很多人都在担心年轻人。一个夏天，他应该有了不少的钱，应该拿着很多钱离开梅镇到医院去。

又有人站在了他的面前，看着他，说，上医院的钱差不多了吧？

年轻人摇摇头，说，昨夜里让一伙人抢了去，真的回不去了。

很多人听说了他的遭遇，在他的面前丢下一张张的钱就走了。

很多人又来了，在他面前丢下一张张钱。

年轻人看看梅镇的天，一张一张地叠起了那些钱，快速地放进了包里。

蝉不在那棵榆树上叫了。年轻人用手擦了擦他那焦煳米饭一样的小腿，艰难地站起身。起身那刻，那块焦煳的东西，很快地脱落。

梅镇有人看在眼里，然后看见年轻人很快地跑出了梅镇，跑出了夏天。

很多人不知道年轻人就是我的亲兄弟，他们也不知道我的亲兄弟跑了多久，跑了多远。

我知道梅镇隔我的村庄一百多里，他是哭着跑回来的。他的女人得了癌症，死在了医院的病床上，欠下一屁股债。医院的院长说，要是还不了，就不用还了。我兄弟死活不依。

我的亲兄弟从那以后满镇子乱跑，在自己的腿上，贴着一种很浓很黏的猪血，样子怪难看的，博得了很多人的同情。

我的亲兄弟从梅镇回来就把那些钱还给了医院。医院院长说，我的亲兄弟很讲信用，差了医院的医药费还记得还。医院院长还留他在医院里吃了一顿饭，饭吃到一半，他把一些没有动筷的菜，用一个白色的饭盒，装了满满一盒，来到了他女人的坟前。

从女人的坟前回来，我的亲兄弟对我说，哥，我再不用那块伤疤骗人了，等我以后有了出息，我就到梅镇去，找到那些给我衣服给我凉粥给我饭菜给我钱的人，好好报答他们。

我一把抱住我的亲兄弟，只听他一字一顿地说，哥，我以后，再不骗梅镇的人了。

椅　子

伍中正

芋头的屋对着那块地。可以说，芋头眼一睁，就能看见地。

天色渐渐暗了下来，秋风时有时无。风来的时候，吹得芋头屋头的枫树叶哗啦啦地响。芋头在身上加了件衣服，从屋里搬出一把脱了漆的木椅来，木椅稳稳地站在了门边。

芋头就坐在木椅上。这个秋天的风就在芋头的脸上过，就在芋头低矮的屋上过。

芋头！女人在屋里喊了一声。女人眉清目秀的，头发也梳得精致，见芋头没有应声，女人缓缓地从屋里出来，轻巧地倚在门边。自然地看了一眼对面的坡地，然后就说了一句，原来你芋头在门口傻坐呢。

芋头听声音就知道，女人就站在背后。

趁女人还没有来的时候，芋头就看了对面的坡地一眼，也就是这一眼，芋头一下子看见了棉桃。芋头在心里愣了一下，那不是棉桃吗？要下雨了，人家往屋里跑，棉桃还在那坡地里收啥豆子？

芋头很快收回了目光，并且快速地侧了一下身，目光自然地落在了女人的脸上。

女人早就看在眼里，从倚在门边时起，她就看见了对面坡地的棉桃。女人故意问，在看啥，芋头？

芋头不再侧着身子，把所有的慌张立刻藏起来，两只手不停地摸着椅子的靠背，不急不忙地说，没看见啥，你看见啥了？

女人一下子让芋头问急了。停顿了一会儿，才说，啥也没看见！

芋头知道，棉桃男人要不是春天在工地上出事，现在肯定会和棉桃一起收豆。

芋头用手移动了一下椅子，椅子发出了响声。女人就发一句话，你芋头的屁股莫揉坏了椅子。

芋头说，你当芋头是猪？我爱惜着呢，做把椅子不容易。

女人闭着嘴，又发话了，芋头，我看见了一个人，好像是棉桃。

芋头装着惊讶的样子，回了一句，棉桃在哪儿？女人说，芋头你自己看，在对面的坡地。

芋头看了一下说，看见了，是有一个人，怕不是棉桃。芋头的手又来回摸着椅子的靠背。

女人又补充，怎会不是棉桃？明明是棉桃，还说不是，芋头你真是不想跟我过了？

芋头不说话。

女人的眼里，是一天的雨，再就是棉桃一把一把地割豆。很快，雨就像粉条一样地下起来。女人想，我就让你芋头急。

芋头的手不停地摸着椅子的靠背。芋头想，棉桃，你咋不回来？淋了雨要生病的。

女人这时补了一句，芋头，你不心疼？

芋头侧身看了女人一眼，说，给棉桃送雨衣去，顺便帮她割几下。

女人一动不动,仍旧倚在门边,白一眼芋头,说,不是说你芋头,凭啥要我送?你心里有她,你去。

雨是从那边地里落过来的。棉桃在地里淋着雨。

芋头对女人说,你不去?

不去!女人说。又白了一眼芋头。

芋头坐不住了,便站了起来,女人又使劲一把把他摁了下去。女人说,你芋头急啥?

芋头说,人家棉桃也是人,没个人帮她不行。

女人说,轮得到你帮她?他村主任这时瞎了眼,你在旁边瞎帮个啥?

芋头说,你还敢摁我?我打你手!芋头一下就站了起来。

女人就跟芋头赌气,你要去了,咱就离!

芋头说,离就离,怕什么!

芋头就冲进了雨里,雨像不认识芋头似的,落在芋头的肩上。

凉在女人眼里的是芋头坐过的椅子,女人当那椅子是芋头,又当那椅子是棉桃。

女人看着芋头艰难地走上坡地,就跺了一次脚。跺完后,女人又仔细地看着地里收豆的棉桃。

坡地里,芋头跟棉桃一前一后地收着豆。

雨不停地落在棉桃的地里,落在芋头跟棉桃的身上。

雨没有完全模糊女人的视线,女人轻蔑地看在眼里,你芋头知道做把椅子不容易,再娶个婆娘就容易?

女人忍不住骂道,杂种的芋头!骂完,脸色就冷峻起来。女人用脚狠狠地踢了一下芋头坐过的椅子,踢翻的椅子泥块一样地落在了禾场。

下着的秋雨,很快湿透了椅子的身子。

麦　客

张格娟

七斤坐在门槛内边磨镰刀边朝麦客住的厦房张望，线线也出神地看着那边的动静。两人的目光会聚到了一块儿，都不由自主地收回了。

线线的心莫名地一阵慌乱，她在心里愤愤地骂，这老鬼。

七斤在心里也骂，这浪婆姨，又动了什么歪心思呢？

这俩人走到一块儿，用线线的话说，是上辈子造什么孽了。七斤也骂，我眼睛长了绿茸了，娶了你这么个浪婆姨。两人这么对骂够了，就都不说话了。

儿子牛娃便成了他们的传话筒，现在，儿子去了学校，只好由麦客代劳了。线线端着碗问一句：先割前梁的麦子，还是后岭的？我想尽快把前梁的麦子割完，再播些秋茬黄豆。

七斤好像没有听见一样，他铁青着脸，将一对拐合起来放到身旁，嘴里吧嗒吧嗒地抽着烟，淡蓝色的烟雾，在空中缭绕着。

七斤先前是挺温和的一个人，自从前年开着拖拉机从车上翻了下来，他的双腿就残了，连他整个人的性格也变了。人都说，这七斤刚一生下来，就称了七斤，随口叫的这个名，学问不高啊。乡下人给孩子取名，都不太讲究，有叫桃儿杏儿的，还有叫牛娃狗娃的，他们说，名儿贱了好养活。

麦客见七斤没答话，他头也不抬地将线线的话传给七斤。七斤才从嘴里抽出烟斗，说一句：先割后岭的，那麦子口松，要快割，不然，全留到地里了。让麦客去割，你去二狗门市买些种子，赶明儿个趁墒情，早早地播种。线线也不答话，等麦客传过来了，她才说，二狗那假种子太多了，我心里不踏实啊！我想去镇上买。

七斤将双拐在地上狠狠地一顿，骂一句，又想去镇上浪。

线线用眼睛狠狠地又剜了他一眼，然后端着碗进了厨房，有麦客在，他们还稍微收敛了一些。若在往日，又是一个水火不相容的唇枪舌剑。

村子里的人都奇怪，这两口子吵也吵了，骂也骂了。十多年过去了，还这么耐着性子过，如果是年轻人，早散伙了。

麦客也是四十出头的样子，他平日里除了当个传声筒，别的什么也不说，只埋头干活。别人家的麦客，只管割，不管碾打。可他，自从去年算黄算割开始第一声啼叫时，就来到了七斤家，一个四十岁的汉子，没家没舍的，就在他们家住了下来。听说老家是安徽的，那年发了大水，媳妇和孩子早被水冲走了，是死是活，还没个准儿。他一个人走到哪儿算哪儿，四海为家。当初七斤留他是想让他帮这个家把地种好。

院子中那间偏厦房就成了麦客的住处。据说，他前几年还当过村里的代理教师，后来，教育体制改革，他就回乡种了田。一个人，为了寻找妻子和孩子，就四处流浪。

农闲时，他就一个人待在房里看看书写写字。牛娃爷爷感慨地说，一个人不容易啊，赶明儿去给桂香说一声，给麦客成个亲吧。不能为了咱家，耽搁了人家啊。

线线在屋子里听见了公公给她说话，她才回过神来。儿子放学回来了喊了几声“娘，娘……”她都没有听见。牛娃嘟囔着跑到麦客房里做作业去了。

麦客非常喜欢牛娃，牛娃也佩服麦客的学识，他有什么问题，问爹，爹大字不识一个，他只说一句：问你麦客干爹去。

牛娃喜欢干爹，一进门就干爹干爹叫得好亲热，好像七斤不是他亲爹。七斤有时也恼火，他总是找借口让牛娃给他端水，或者递个火柴，但还是阻止不了牛娃喜欢麦客。

牛娃做完作业，睡在麦客的炕上，翻看麦客的书，麦客虽然做的是粗活儿，可他会作诗写文章，报纸上常有他的大名——远征。牛娃喜欢麦客朴实的文字语言，他总在同学们面前吹，我干爹是作家呢。麦客总对牛娃说，不要胡吹，人家会笑话的。牛娃就故意不理麦客，麦客便用手挠他的胳肢窝，牛娃便忍不住咯咯笑了。

一天，牛娃放学回来，麦客和娘去种地了，牛娃顺手从麦客枕头底下抽出了一本红色笔记本。他一口气读完，便像疯了一样，跑到了爷爷的跟前问："你说，谁是我亲爹？"爷爷摸着牛娃的头说："这傻孩子，你爹是七斤啊。"牛娃边哭边把麦客的日记念给爷爷听，声音好响，听着听着，爷爷的脸色越来越凝重了。

这些全被门外的麦客听见了，他没有吭声，回到了自己的住处。

晚上，七斤一家人围坐炕头，商量这事怎么办。原来麦客第一眼就认出了牛娃母子就是他寻找了多年的妻儿。

最后，还是七斤发话了：走吧，别忘了有空回来看看我就行，我现在也是一个废人了。七斤哽咽着说不下去了，虽说牛娃和他没有血缘关系，但他舍不得啊。

牛娃母子哭着不答应。

第二天一早，不见了麦客，他走了，悄悄地走了。

父 母 在

崔 立

几个身在异乡、各自打拼了已有十几年的好朋友，聚在一起吃饭。每个人的父母亲，都在千里之外的乡下生活着。

也不知道是谁先起的头，说到了一个“孝”字。

一个叫赵武的男人先扯开了。赵武说，当然是我最孝了。也就是在几天前，我父母说，他们在家里打电话很不方便。我毫不犹豫地就给我父母各买了部智能手机。我让他们随时把手机带在身边，以便随时联系。有什么事就给我打电话，千万别为我省。每个月打掉多少钱，告诉我，我会立刻把话费给他们充上。

一个叫王山的男人接着说。王山说，你要你父母说了才买，哪有我主动啊！去年冬天特别冷，我在一家商场给自己买了件羽绒服。我突然就想到，我父母在乡下老家，肯定比这里更冷。我当即就去了商场的中老年柜台，买了那里最贵的两件羽绒服，当天我就让快递给送了过去。事后，父母给我打电话说，那两件衣服，穿在身上可真暖和啊。

一个叫张石的男人微微一笑。张石说，你们那些，都是小孝。有一天，我突然想到，我父母住的房有一些年头了，房太破旧了。我就给我父母汇了20万块钱，我让他们找人把原来的房给拆了，重新造了新房。我上次回家，去看那房，真是造得不错。我父母拉住我的手，再三说多亏了我那些钱，他们没白养育我。

……

大家都讲完了，只剩坐在角落里的刘青还什么都没说。赵武说，刘青，你也说说呗。刘青说，我总觉得没什么可说的，若说起"孝"，我做得还远远不够。王山说，刘青，你就随便说几句吧。

刘青说，行，那我就说说我这些年过春节买票的事吧。

刘青说，我记得第一年春节回家，我跑到火车站，排队买票的人真是太多了。一开始，我都不知道该排在哪里。一位好心的大叔说，小伙子，你就排我身后吧。我说，好。我就排在了他的身后。排了半天，大叔问我，小伙子，你带水了吗？我摇摇头，说，没有。大叔又问我，小伙子，你带面包了吗？我摇摇头，说，没有。大叔就笑了，说，小伙子，看来你是第一次排队买票啊。大叔从他鼓鼓囊囊的包里，掏出了水和面包递给我。我不要。大叔硬是塞给了我。那一次，我排了一天一夜的队，才买到回家的票。多亏了那位好心的大叔，我才不至于饿着渴着，坚持了下来。

刘青说，还有一年，我跑到火车站，排队的人多得创纪录。据说是因为北方大雪、全国大面积冰冻，好多车次都暂停售票了，以致滞留了更多的人。我排在完全望不到头的队伍后面，眼巴巴地瞅着。说实话，我也打过退堂鼓，兴许我排了队也不一定能买到票。但我又看到了那么多排队的人，我又想，大家都在这里，只要路况稍有好转，火车一定会开的。我还想到了父母等我回家无限期盼的眼神，他们一定会站在家门口，遥望我们县城火车站的方向，等着他们唯一的儿子归来。这马上就成了我排队的精神支柱。那一次，我整整排了三天三夜的队，才买到回家的票。我手里紧紧攥着买到的火车票，整个人都虚脱了。

刘青说，还有一年……

刘青是大家中间唯一一个年年春节坚持回家陪伴父母的人。再忙或有再重要的事，刘青都会毫不犹豫地选择推掉，毅然决然地回家。在座有好几个人，有三四年没回过家了。

刘青又说，我常常在想，父母在，我却远行到了千里之外，平时也不能在家照顾他们，尽尽我的孝心。唯一能做到的，就是春节回去看看他们，陪他们多说说话。所以，每年春节，我都要回家。

在座的每一个人的眼圈都红了。

大家几乎是异口同声地说，刘青，你是我们中间最孝的，当之无愧。

菊　香

朱士元

自打姐姐菊花出了门以后，菊香的心里一直空荡荡的。她常独自在那里发问：姑娘长大了为什么要出门呢？她还对姐姐找了个比姐大十多岁的城里姐夫十分支持，认为人活着就是要有自己的主张，不必听从父母摆布。

看着一天天长大的菊香，妈妈常在背地里想，菊香老实，善解人意，不像她姐姐那样死不听话。凭菊香的长相，本应找个好婆家。菊香将来要是找个好婆家走了，那比她大一岁的跛脚哥哥怎么办呢？不如让菊香为他换个亲，找个媳妇。我就这么一个儿子，找不到媳妇，打一辈子光棍儿，那就要断了俺家的香火了。小女儿菊芳还小，用她来为哥哥换亲是不可能的。她想好了这个主意后，就与菊香的父亲商量，菊香的父亲自然没什么话可说。

刚上初二的时候，班里有个同学写了张字条，夹在菊香的语文书里，上面只写了一个字：爱。菊香看到这张字条以后脸唰地红了。她上下左右看这张字条，就是弄不清是谁写给她的。到了晚上，她躺在床上翻来覆去睡不着，头脑里像放电影似的，把班里的男生全过了一遍，仍理不出头绪来。后来，她想到了自己的同桌陈光，会不会是他？菊香又怀疑起来，好像不太可能。以前，他俩在桌上画了"二八线"，井水不犯河水，实在是不可能的。过了些日子，菊香收好那张字条，也就不再多想什么了。

离开校园快三年了，菊香突然收到一封信。菊香拿过信一看，上面没有写来信地址，只写两个字：内详。菊香知道自己从来不给人写信，也没有人给她写信，今儿见了信，上面又没有写来信地址，便慌忙拆开信来看。这信一拆，让她大吃一惊，好大的一张信纸，上面只写一个字：爱。下方署名：陈光！菊香手捧着信，心里怦怦直跳，不知如何是好。她知道，陈光初中毕业后，和自己一样因社会关系复杂，未能考上高中。后来，他那在供销社当官的父亲给他找了份工作。这是菊香听同学说的。菊香看着信，不禁想起了几年前在教室的那一幕。她从抽屉里拿出那本语文书，从中取出那张字条，上面的"爱"字和今天这信中的"爱"字一模一样。陈光啊陈光，原来你心中早就有鬼，我不理你看你会怎样！说是这么说，可那陈光的影子总在自己面前晃来晃去。

那天下雨，菊香没有出工，和妈妈在家里缝补一些旧衣服。补了好一会儿，妈妈停下手中的针线活儿，呆呆地看着女儿。菊香见妈妈这样看着自己，不觉脸红了起来。她问妈妈怎么这样看自己，妈妈用手摸了摸女儿的脸蛋说道，菊香啊，你就是比你姐听话，妈妈最喜欢你了。不过，妈妈有句话想和你说又不好开口。菊香推了推妈妈说，你，你怎么这么说呢？跟女儿有什么不好说的？有话你就讲。妈妈说，菊香啊，你觉得你哥可怜吗？菊香一听妈妈说哥哥，突然心里有了数，连忙说，可怜，可怜。妈妈随后说，我想让你给你哥换门亲！不知你同意不？菊香立即答道，那不行，你不是把女儿往火坑里推吗？妈妈说，女儿啊，为了你哥哥，你肯定是要受委屈的，可妈就这么一个残疾儿子，你不帮他换亲，谁家的姑娘会嫁给他呀？妈妈说着便流下了两行泪水。菊香见妈妈如此伤心，也跟着哭了起来。她边哭边说，妈妈，为了哥哥，我答应你还不成吗？听了女儿的话，妈妈把菊香紧紧地搂在怀中。

婚后不到两年，哥哥换来的媳妇生了个儿子，菊香也为有残疾的丈夫生了个女儿。菊香自有了女儿，脸上整天堆满了笑。可自打自己的丈夫得了一种怪病以后，她的脸上整天布满了阴云。她知道，自己的丈夫本身就有些残疾，加上得了这场病，怎么能受得了呢？她想方设法为丈夫治病，可一直治了三年时间也不见效果。那躺在床上三年的丈夫看着菊香如此辛劳，自己想以死来解除菊香的痛苦，几次都被菊香发现拦了下来。后来，丈夫对菊香说，我这病看来是没法治了。菊香，你这样待我，干脆找个人过来，我们一起过。不然我就死！菊香听了认为丈夫是在说痴话，不许丈夫再说下去。

那天，菊香从地里干活儿回来，听见有个人在屋里说话。菊香走进屋一看，是陈光！菊香张了张嘴，好半天说不出话。陈光站起身来说，没想到会是我吧？我这次来了就不走了，你反对吗？菊香惊呼道：你，你怎么会说这样的话？躺在床上的丈夫说：是我请人把他找来的。他对你的爱，我早就知道了。我问了，他不嫌弃。陈光接着说：菊香，你的一切我全清楚。不用说了，为了你，为了这个家，我愿意。你知道吗？我一直在等你！

看着眼前的一切，菊香哭了。

羊　事

李伶伶

谷雨守了一夜,天亮时,母羊终于生了,生了三只小羊羔。谷雨又喜又愁。喜的是三只小羊羔都挺壮实,出生没多久,就能走了;愁的是母羊只有两个奶头,不够分,要想让三只小羊都活下来,只能给其中一只喂牛奶。谷雨家没有奶牛,要喂牛奶只能去买。这样,喂大一只小羊的成本就增加了,不合算了。以前出现这种情况,谷雨总是扔掉一只最小的羊羔,可是这次,三只小羊羔一般大,他哪只都舍不得扔。

这时邻居冬至来他家借东西。谷雨问他,你要小羊羔吗?冬至看着刚出生的小羊羔说,这么小,能养活吗?谷雨说,精心点儿,能养活。冬至说,那你咋不养?谷雨说,我的羊太多了,操心不过来。这样,冬至就抱走了一只小羊羔。

第二天,冬至又把小羊羔抱回来了。谷雨以为冬至不要了。冬至说,不是,我爹有病住院了,我得去医院陪他,没时间喂羊羔。你先帮我几天,行不?谷雨说,行,你安心照顾你爹,羊羔的事包给我了。冬至放下小羊羔,就去了医院。

谷雨帮冬至喂小羊羔,喂的是买来的牛奶。小羊羔很能喝,开始一天三袋,后来四袋,再后来五袋。谷雨买的一箱牛奶,四天就喝完了。因为冬至没来取羊,谷雨又买了一箱。冬至爹的病不好治,冬至一直在医院陪他爹,谷雨就一直帮冬至喂小羊羔。直到三个月后,小羊羔都能吃草了,冬至爹的病才好,冬至才回来。

谷雨看见冬至回家了,说,冬至,你不来看看你的羊吗?冬至就跑过来看他的羊,发现羊长大了好多。冬至说,这么大了呀?谷雨说,是,都能吃草了,也能吃玉米了。你拉回去吧,再养两个多月就能卖了。冬至说,这么快呀?谷雨说,要是不想让它下羔子,小羊出生五六个月就能卖,大了反而不好卖。冬至说,这样啊,我明天得去帮我表弟盖房子,等我帮他盖完房子,再把小羊拉回去。你再帮我喂几天行不?谷雨说,行。

冬至走后,谷雨媳妇问谷雨:你真打算让冬至把小羊拉走啊?谷雨说,当然了,那是他的羊。谷雨媳妇说,可它是咱们喂大的。谷雨说,那也是他的羊。媳妇说,可是买牛奶的钱算谁的?喂大这只小羊,咱们一共买了13箱牛奶,35元一箱,一共400多块钱,这钱谁出?谷雨说,当然是冬至出。媳妇说,他要是不出呢?谷雨说,不能。

一晃又是半个多月,冬至还没回来,谷雨一直帮他喂养小羊。谷雨每天都去山上放羊,出去的时候,把冬至的小羊也带着。到了山上,挑草嫩的地方让它吃。晚上回来喂料时,总是多给它些,生怕它长不大。看见有别的羊欺负它,还帮它把别的羊轰走。谷雨对它格外用心,因为他觉得,这是冬至的羊,不能亏待了它。

这天来个买羊的。买羊人一眼就相中了冬至那只羊,问谷雨多少钱卖。谷雨说,你给多少钱啊?买羊人说,六百。谷雨说,不卖。买羊人又仔细看看冬至的羊,说,我再加一百,七百。谷雨还是说,不卖。买羊人说,这个价可以了,我是想回去做母羊才给这么多的。谷雨说,这是好羊,好羊的价格就得比别的羊高。买羊人说,你真会卖东西,这样,我再加一百,八百,不能再多了。谷雨笑了一下说,你先等等,我去问问冬至,这是冬至的羊。

谷雨给冬至打电话，问他卖不卖羊。冬至在电话那头沉默了一会儿，说，那是你的羊，你说了算。谷雨就跟买羊人说，先不卖，等冬至回来再说。

买羊人走后，谷雨媳妇跟谷雨说，要不，咱们把这只小羊留下做母羊吧，你看它身体多结实，将来肯定很能生。谷雨说，可这是冬至的羊。

冬至回来后，谷雨让冬至把羊拉回去，冬至不拉。冬至说，我怎么好意思拉呢？我都没喂过它。谷雨说，那也是你的羊。谷雨把羊送到冬至家，冬至又送了回来。谷雨又送了过去，冬至又送了回来。

看着这只送不出去的羊，谷雨很头疼。他不知道该怎么处理这只羊，养也不是，卖也不是，最后把它杀了。谷雨媳妇很心疼，谷雨也很心疼。

谷雨把羊肉给冬至送了过去。晚上，冬至送来了羊肉钱。谷雨不要，冬至硬把钱留下了。看着冬至送来的钱，谷雨心里忽然很疼。他后悔当初送小羊羔给冬至，他跟冬至这么多年的感情，竟被一只羊给毁了。

羽绒服

王奎山

半下午时分,男人女人正在院子里说闲话,有陌生人叫男人的名字。男人刚答应一声,那人已经进到了院子里,原来是乡里的邮递员,给家里送包裹来的。男人在一张单据上摁了一个红指印,邮递员把一个包裹递过来就走了。

女人见邮递员一走,忙去拆那包裹,里面有两件羽绒服。一件黑色,自然是男人的;一件深油绿色,自然是女人的。两个人就去试那羽绒服。羽绒服穿上挺得劲,也挺暖和。于是,两个人你看看我,我看看你,呵呵地笑了。

男人女人不知道那叫羽绒服,就叫成棉袄。棉袄是女儿寄来的。女儿在厦门打工,原来说好了春节要回来的,这都快过年了,人不见回来,却寄回来两件棉袄,看起来，是不打算回来过年了。要是回来，干吗还去邮局寄东西？

当天晚上，一个电话打过去，女儿果然过年不回来了，说是厂里接到了大批订单，过年不放假了，双薪。女儿在电话里问，羽绒服收到了吗？男人一时没有听明白，说，啥？女儿说，就是羽绒服啊，还没有收到吗？男人忙说，是棉袄呀，收到了收到了。女儿说，啥棉袄，羽绒服。男人支吾着，一时改不过嘴来。女儿说，那羽绒服就是我们厂生产的，按出厂价买的，比市场上便宜好几百块呢。男人呵呵地笑着说，那好，那好。女人也和女儿说了一会儿话，才把电话挂断了。

然后，两人才上床睡觉。上床以后，自然睡不着，又说了一些话。说着说着，女人突然不说话了。男人正有些奇怪，却感觉到女人的身子一抖一抖的。男人忙伸手往女人的脸上摸，摸到的是一手的水。原来，女人哭了。男人说，你哭啥？女人也不说话。男人说，平白无故的，你哭啥哩，大腊月里？女人终于抑制不住自己，哭出了声，我想闺女！男人咂咂嘴，说，想闺女明天再打电话让她回来，方便得很。女人却像个顽皮的小姑娘，带着哭腔说，不让她回来，不让她回来嘛。男人笑了，说，又说想闺女，又说不让她回来，你到底想咋着哩？男人这一笑，气氛明显轻松下来了。女人停住哭泣，渐渐地睡了过去。

第二天，男人女人都穿了崭新的羽绒服到街上走动，引来一街羡慕的目光。男人还给大家解释，这棉袄是俺闺女厂里生产的，按出厂价买的，比市面上便宜好几百块哩。女人忙纠正男人的说法，不是棉袄，是羽绒服。男人同意女人的纠正，说，对对，不是棉袄，是羽绒服。有人说，啥羽绒服，就是棉袄嘛。男人说，不是棉袄，是羽绒服。男人又进一步解释说，棉袄是棉袄，羽绒服是羽绒服。你看看这羽绒服怪厚。说着，男人拉开拉链，当场脱下羽绒服交给别人，你掂掂才多重？最多不到半斤。一件棉袄，咋着不得二斤来重？于是，众人你看了我看，你摸了我摸。有的人还将那羽绒服穿在身上，以便真实地体验一下那羽绒服的轻暖和保温。

没想到，男人竟因此而受了凉。到了晚上，竟然有些发烧流鼻涕，冲了两包板蓝根喝，才有些压下去了。女人因此埋怨男人，你也真是的，也太实性了，谁想穿就让谁穿，把自己弄感冒了才舒服。男人说，乡里乡亲的，让大家开开眼嘛。女人说，啥乡里乡亲的，都没安好心，巴不得你上街讨饭才好。男人说，看你说的。女人说，咋着，我说的不是实话？

正说着话，电话铃响起来了。男人扑到电话机那里，一把抓起话筒就往耳朵上放，同时，很响亮地喊道，喂。自然是女儿打来的。男人首先报告，那棉袄暖和着哩。女儿有些不耐烦的样子，啥棉袄，羽绒服。男人忙说，对对，是羽绒服。女人这时抢过话筒，报告了男人让别人试羽绒服，把自己弄感冒的事。女儿听罢，咯咯地笑了。男人也趁机把嘴伸到话筒旁边，大声说，你娘昨夜里想你哩，想得都哭了。女儿大声抢白道，想啥想？有啥好想的？我咋一点儿也不想哩。说着，啪的一下挂断了电话。

女人无奈地放下了话筒，然后，和男人相视而笑，仿佛受了抢白是一件多么好玩的事情一样。

橘子熟了

徐建英

村子不大，山连着山，逶迤着，到村子边缘，陡地平缓下来，孤零零地伏卧着一个很大的湖。湖边靠南的坡地上，长着麦河家的两亩橘子林。

每到秋日，麦河家的橘子树上就挂满了果，一个个翠绿的橘子，沉沉的，把枝条压得都翻卷过来。一阵风吹过，大老远都能闻到一股橘子的清香，馋得一村的娃儿口水在喉咙里一上一下地直打转，但也只能干瞧着眼馋，跛子麦河一入秋就会在橘子林外搭棚守着，哪个也近不得。

要说偷，法子也不是没有，潜水渡过湖去，悄悄爬进坡边的橘子林中，能管饱。可家中的大人硬是不让，理由一二三四的一大堆，偶尔一次冒险幸运潜过湖去偷吃，若是给大人们闻到了嘴里的橘子味，定免不了挨上一顿“竹笋炒肉”。

但椿子不怕，椿子的爹娘走得早，她跟着奶奶芸婆一起过。芸婆眼睛不济，鼻子也不灵，瞧不仔细，也闻不出啥味来。

椿子运好。别家孩子刚靠近橘子林边的湖，脚刚刚蹚上水，对面的麦河就像幽灵一样一瘸一拐地过来，手里的拐棍在地上噼啪点个不停，嘴里连珠炮般咋呼起来：猴崽儿，干啥嘞？想干啥嘞？吓得那孩子赶紧灰溜溜回了家。

椿子聪明，她会选在中午麦河打盹儿时偷偷潜水过湖，当麦河一阵接一阵的鼾声奏起时，椿子捂着撑得圆嘟嘟的小肚子溜出橘子林，然后在麦河的鼾声中，捂着兜里的几个橘子，直接从坡地上跑回家。芸婆眼睛不好，鼻子不灵，对橘子看不见闻不着。但芸婆眯着眼睛吃橘子的样子，让椿子感觉自己一下子就长大了。

有时椿子看着麦河倒在窝棚边的睡样也很不忍——一大一小两条腿支在架子上，那条萎缩的左腿瘦瘦小小，像极了一根细小的竹棍子。椿子听奶奶说，麦河这腿是小时候患小儿麻痹症落下的，因为这腿，麦河一直说不上媳妇。可是橘子的诱惑，她太难抗拒。她在心中很多次地埋怨麦河怎就那么贪睡！甚至有时候，她很希望麦河会突然醒来，对着她大吼一通，那么，她一定不敢再踏入林子，不敢再来偷橘子，也不敢捎橘子给奶奶，可麦河偏偏就那么贪睡，鼾声一阵接一阵像奏乐似的。

椿子想到这里的时候，手不知不觉就动了起来。

她学着麦河的样子，轻轻地把垂下来的橘子用竹竿支起来，麦河的腿不好，她瞧见过麦河搭支架时摔倒过；她悄悄地把林子里的杂草拔干净，麦河的腿不好，杂草这么高，要是有人像她一样也悄悄钻进橘子林，麦河一定很难发现；她又轻轻地把林边的沟壑用小石头细心地铺起来，麦河的腿不好，走这样的路，一定很容易摔跤……

中秋节到了，泉眼村的习俗，八月十五烘大饼。

椿子一大早起床帮芸婆揉了面，和了糖丝橘子皮，撒了脆芝麻粒，在灶上开始烘起中秋饼。烘好饼，芸婆眯着眼左挑右拣了老半天，又让椿子帮忙找一摞看相好的，打包捆好，给麦河家送去。椿子不语，磨磨蹭蹭了老半天就是没出门，芸婆就生气地嚷了起来：椿子你怎么不晓事嘞？你麦河叔一年到头跛着脚侍弄那片橘子林不容易呢,可他老记得让你送橘子给咱婆孙俩,咱该去谢谢人家。咱家这俩芝麻饼子,不值几个钱,你怎还不舍得嘞?

椿子红着脸接过芝麻饼,转身要出门,却一头撞上了一瘸一拐走进来的麦河。麦河手中的袋子滚落,橘子撒满椿子家的小院,椿子怔怔地望着麦河,一脸不解。

椿子,干啥嘞?帮叔捡啊,今年收成好,卖了不少钱哩,这余下的,叔就不卖了,给你这个小园丁发个管理奖。

椿子听罢,垂下了头,小脸红到耳朵根。突然,她哇的一声,大哭了起来。

杀过年猪

仲维柯

农历年就要到了,我又想起儿时生产队里杀过年猪的情景。

那时的生产队俨然一个大家庭,而这个家庭的家长便是自称中国二十八级干部的队长。我们队的队长姓邢,四十来岁,由于他处处在人们面前显摆能耐,社员们便给他取了个"能儿"的绰号。后来,人们把他的绰号和姓连在一起,呼为——"能行(邢)"。

我们队在腊月二十六杀猪分肉的惯例是雷打不动的。

那年腊月二十六早上,我胡乱扒拉了几口饭便在小伙伴的簇拥下离了家门——那些心慌的小伙伴们早在我家等了好长时间了。

到了生产队的饲养场,饲养员还没给那头即将"赴刑场”的猪做最后的早餐呢。饲养员是六十多岁的瘸子刘老七,他吼了几嗓子,吓得我们远远跑开了。等我们再到饲养场的时候,那头又大又肥的猪,脖子上扎着红头绳,被刘老七放出了圈,正在院子里乱拱呢。

我们拿树枝戏弄着那头倒霉的笨猪,这时,刘老七跑过来又粗着嗓子把我们嚷跑了。真不明白,为什么杀猪过年,他竟不高兴呢。

跟在满脸红光、一身酒气的“能行”队长屁股后面,我们第三次走进饲养场的大院。这时,院里早就聚集了好多人。只见队长拿起一把明晃晃的尖刀——看来,今年队里不再请职业“刀手”,队长要亲自掌刀了。

几个五大三粗的劳力,慢慢靠近那头正在拱食的大猪,随着几声嗷嗷号叫,五花大绑的肥猪就被按到了案板上。

案板前,劳力们摁腿的摁腿,扳头的扳头,压身子的将蜷起的腿重重压在猪的脊梁骨上,专等队长“持刀问斩”了。

队长也不含糊,猛喝一口酒,呼地喷在手中的尖刀上,走上前去,左手紧紧抓住硕大的猪耳,刀尖轻点猪脖颈处,猛一用力,足足有一尺长的尖刀便不见了踪影。随着队长尖刀拔出,一股殷红的鲜血喷涌而出,汩汩流入案板下方预先准备的大盆里。

血淌了不少,可那猪还是在案板上嗷嗷直叫。队长重新操刀顺“原路”又猛刺了一通,猪的号叫声总算小了点。队长用那血手抹了抹额头上的汗:“奶奶的,不信杀不死你!”说着扔掉了手中的刀。

有半袋烟工夫,那猪没了叫声。队长发令:解绳吹气。

等到给那猪解开了绳,惊险的一幕上演了——

那猪竟活了过来,撒腿狂奔,惊得满院子人叫了起来。偌大的院子,你追我赶,大呼小叫,竟也逮不住那猪,急得队长直跺脚。要说还是队长,他急中生智,操起旁边一根碗口粗的大棒,冲上前去,扬起大棒,重重砸下去,正中猪的头颅。那猪应声而倒,慢慢伸开了四腿。

几个壮劳力七手八脚再次把那猪抬到案板上。队长拿一小刀在猪后小腿处割一个小口,又拿起通杆(手指粗细的长铁杆)顺着那小口直捅下去,游走于猪的肌肉与皮肤之间。周围人又忙上前拧动猪身,队长的通杆便捅到了猪的全身各处。

随后,队长扔下通杆,右手紧紧抓住割有小口的猪腿,左手直抓住割开的那皮,自己的嘴对准那小口,深深呼一口气;随着一声声呼气从队长口中发出,那猪便气球般鼓了起来。

随后,人们把这"气球猪"拖进了滚烫的热水池里。只见这"气球"在开水里打了几个滚,那毛便一揪就掉了。也就一袋烟的工夫,那猪便变成了粉嘟嘟白胖胖的裸体猪了。

众人第三次把猪放到案板上,队长忙招呼几个手脚麻利的后生操刀分割。去头的去头,卸腿的卸腿,不一会儿,那猪便成了圆轱辘。队长紧握长刀,从猪脖颈到裆部,用力狠狠划了一条直线,只听哗的一声,猪的五脏六腑见了天日。随后,队长轻轻扔下刀,从腰里摸出了旱烟袋——队长该显摆的活儿结束了。

然后,队长安排三组人马:清洗内脏的、处理猪头四蹄的、分切躯干的。

不一会儿,三路人马活儿已干完,并报上了各自猪肉的重量。这时,老会计戴上老花镜,根据报上来的斤两,噼里啪啦拨弄起算盘来。

"猪肉每人半斤,猪头(包括蹄子)、下水(猪内脏)每人三两。"老会计拉着长音儿庄严宣布。

队长咂摸着烟袋嘴,看着人们喜滋滋地把肉领回家,脸上写满了自豪。

队长是最后一个去领肉的,可到跟前一看,肉筐里只有两个没褪尽毛的猪蹄子了。老会计极尴尬地摘掉了老花镜,不禁喃喃自语:"算得好好的,怎么不够了呢?怎么不够了呢?……"

"两个蹄子就两个蹄子吧,少吃一顿肉也一样过年。"队长笑着说。

"给,半斤肉、一个蹄儿——我看着这肉心里就堵得慌。"瘸子刘老七把他的那份悻悻地甩给了队长,颠着腿照看圈里的其他猪去了。

"这老家伙,还心疼呢……"队长大声笑起来,笑得很豪爽。